糖衣炮弹

与你签订契约，许下神圣誓言。

属于你的契约男友将谨遵约定，永远爱你。

糖糖主编

# 糖衣炮弹

小甜点の故事　补充每日糖分

9

## 百分百契约

长江出版社
CHANGJIANGPRESS
漫娱图书

# 第9个问题

## 关于暧昧，最让你难忘的事情是什么？

暧昧是还没牵到的手

是还没说破的话

是不经意的眼神

是彼此的相视一笑

它还未成全你

却也不放过你

有那么几秒，它像极了爱情

aimei

暧昧： 指态度含糊、还不明确的关系。是一种很特别的朋友关系，存在于友情之间，又超然于友情之上。

关于暧昧，最让你难忘的事情是什么？

@ 北司之

高中冬季校服码数超级大，有一次在走廊，他大概是想抓我的手腕，没想到因为隔着校服，直接抓住了我的手，当时我整个胳膊都没敢动，只能任他抓着听他说话。
结果有人路过意味不明地朝我们坏笑的时候，他很骄傲地对他们说："这是我闺女。"
（他的意思是我只是他闺蜜）

@ 于祖贤

他向我提议一三五当情侣，二四六当朋友。然后他约我周一看电影，之后就没有二四六了。

@ 是风断啊不是风段

计算机系最大的暧昧就是——我把你的程序问题改好了。

@ 他是九九的岛啾咪

他陪我去看《大鱼海棠》的首映，最后阴差阳错电影没看成，俩人还淋了场大雨，他说："虽然错过了'大鱼'，但我们没有错过大雨。"
后来在一起的时候他说："我们没有错过大雨，也没错过爱情。"

@ 岚涅啊

暧昧期间最心动的可能就是他在我每一次紧张的时候都会给我打气，在别人面前维护我却在我面前死皮赖脸地装傻，陪我做各种任性的事。然而最后，却突然没了联系。

@ 但您配我辅吗

过程假装甜蜜，结局意料之中。
打游戏的时候总是一起切磋，但他从不手下留情；QQ 上能聊出几个月的火苗；拍毕业照的时候我第一个给他发了照片。最后他和一个突然出现的小姐姐确定了恋爱关系，并且没有告诉我。那天晚上我回家打滴滴，把车牌号发给他，他也没有像之前一样回应，几天后他朋友圈就发了和女朋友一起过圣诞节的照片。

@ 乾乾和俊凯邂逅 2019

去年学校开展贴新年心愿的活动，我说我想贴到最高点，就有人起哄去找他，然后他就真过来帮我贴了。他很高，心愿墙也很高，但他还是踩着凳子把我的贴到了最顶上。

@ 秋亦知冬寒

有次我在老师旁边的小桌上默写英语，突然有人按了按我的头，一抬头发现是他，他笑着挑了挑眉，然后转身找老师问问题。

@ 石小钥 x

下课了，我准备去吃饭，电梯口很多人，我练舞扭到的脚还没好。等电梯时，他站在我身后，上电梯时，他护着我进去，一直陪着我。我们两个宿舍面对面，他就一直把我扶到了宿舍楼底下，我的心不住地乱跳，他的背影让我有一瞬间想，就他吧。

@ 甜韵独酌

有一次生物老师在讲肘关节，突然发了一个脱臼的照片，女汉子的我还是应景地说了一句“有点恐怖”，然后坐在我前面的生物科代表就把我的眼睛给捂住了，直到 PPT 跳到另外一张照片。

@ 像麻将的小浓糖

我和他是同一科的课代表，那天老师叫我下午记得去办公室问作业，然后我忘了。放学告诉他这件事，他说：“别怕，有我在，不会让你被说的。”这件事我记了好久好久。

@ 茫橘

我们之间是见面都不打招呼的关系，然而有天军训晚上下训后，我和朋友一起去小卖部，遇到他了。我突然心血来潮地说了句“哎哟”并表现出很惊讶的样子，他特别配合我，也回了句“哎哟”，然后转头笑了，那种特别甜特宠的笑！啊啊啊我的少女心！

@Akiyama_kino

她说，如果我结婚一定要告诉她，因为她要来捣乱。她问，我努力工作，是不是要养她。她告诉我，“我是你的了”。她要我的照片，说没事的时候看。然后在我说“喜欢你是真的”的时候，她说：“我当你没说过，以后你也别觉得尴尬。”

**@ 梅深不见是风动**

深冬的时候，我们在马路上转悠，我说我好冷，然后他毫不犹豫把我的手拉住，塞进他的衣兜里，我当时整个人都惊了。

**@Iris 无法攻略**

没有说晚安而是说梦里见。

暧昧时期的一举一动甚至一句话一个词，

都要斟酌千百遍。

见面时的傻笑，默默跟随的陪伴，

疲倦时的一次依靠……

这一切都让人痴迷，让人沉醉，无法自拔。

这些无与伦比的小浪漫，大概一生都难以复刻。

来 @ 糖衣炮弹 MOOK，留下属于你的那些心动，

邂逅那些似曾相识的事与心心念念的 TA……

白兔先生的怀表响起

缔结契约的时刻到来

**选择你想要缔约的星座**

**引燃契约的力量**

# 召唤契约男友吧

糖衣炮弹

## 天秤座

**稳健理智 迂回策略**

风象星座

心机深沉宰府公子
愿我的处心积虑能换你天真无忧

## 双子座

**玩世不恭 洒脱潇洒**

风象星座

专修姻缘八卦神仙。
红线绑与不绑，你都是我的人啦！

## 水瓶座

**忠于信念 反叛精神**

风象星座

退休战神代班月老
你忘了也没关系，
姻缘谱上写得明明白白

## 摩羯座

思绪周密 孤独深沉

土象星座

毒舌系雇佣保镖
你是我贫瘠内心世界里悄然焕发的玫瑰

## 金牛座

沉稳踏实 温柔坚定

土象星座

任劳任怨便宜系男友
虽说我是租来的，可是租期有一辈子哦

## 处女座

一丝不苟 体贴入微

土象星座

超级龟毛洁癖被保护对象
洁癖是病 而你是药
我是目标 你是保镖

## 天蝎座

霸道占有 神秘果断

水象星座

圈人圈地腹黑仔
捆绑的关系只是顺水推舟
从始至终只喜欢你

## 双鱼座

遗世独立 温润如玉

水象星座

唯我独尊痴情妖王在线翻车
全天下人背弃我也没关系
我等得起你来履约

## 巨蟹座

念旧传统 亲和谦恭

水象星座

呆头呆脑一山之主召唤你
只想让你看看这如你所愿的盛世太平
也再看看我

## 射手座

率真开朗 自由天真

火象星座

纯情的二次元总裁
一直喜欢你，只想靠近你，
愿你能留在我身边

## 狮子座

正直威严 耀眼王者

火象星座

奔波在漫漫追妻路的傻瓜
因那个年少的约定，
你永远是我心里的白月光

## 白羊座

排除万难 痴情坚守

火象星座

终生守候痴情长工
我们约定好了：最好的、
最独一无二的记忆都是留给你的

响应你召唤而出的星座男友

要与之签订契约吗？

连结无法被打破的牢牢约定

为此……

你……愿意付出什么呢？

# 召唤契约男友吧

# 目录

## Contents

## ◎ 如果告白可以写给你看

你是我的至高信仰——《7 恋恋之交》

你的故事装点我的梦，我的少年

书中的少年，

只有遇见你，才是最惊奇的际遇——《5 超次元恋爱》

我的书上少年，是我恋爱的满分甜蜜

如果不是脸红心跳，我怎么能明了我的喜欢

你是我此生的小幸运

售后我都想好了，

我病了，能医治我的只有你

你可以指导我、改造我，直到我也能在这里保护你——《6

日子难过，你要爱我

捂住悸动的心，不能让你看出来

亲爱的，你是我的时来运转——《1 小美好》

我想和你在一

喜欢你才想亲你——《5 超次元恋爱》

你是我的至高信仰——《7 恋恋之交》

我希望成为加热你的那团火——《6 请与这样的我恋爱

我对你可不是临时起意——《1 小美好》

的少年

我的猫很皮，可不可以帮我管它

我都能回到你身旁——《2 我的非常男友》

我运气好，遇见了能把不可能化作可能的你——《3 恋与反差萌》

会的我都会，把我赔给你，好不好？——《6 请与这样的我恋爱》

、改造我，直到我也能在这里保护你——《6 请与这样的我恋爱》

恋爱》

每一次的重要时刻，你都如约而至

一眼见你，万物不及——《4 世界第一爱豆》

喜欢，是所有的理由和答案

有法律意义上的关系——《8 恋爱告白季》

你是我此生的小幸运

表白方式是偷的，喜欢你是真的——《8 恋爱告白季》

所有的道别里，最喜欢与你的“明天见”——《8 恋爱告白季》

你是我的满分少年哦

欢你是人人皆知你却不知的小心事——《1 小美好》

FU REN
BIE TOU HUAI SONG BAO

# 夫人，别投怀送抱

文/喵咪戴戒指

暖萌脑洞段子选手，常年装嫩，沉迷卖萌，少女人设号称永垂不朽。运营有故事公号[小火炖牛腩]，人气满满。图书代表作《萌江湖》热销中，欢迎来撩。

## 01

“别投怀送抱。”

素净雅致的风筝上被人龙飞凤舞地写了五个大字。

丫鬟小喻从对门捡了风筝回来，递也不是不递也不是。今日这风也忒不识趣了，怎么刮不好，偏要把她家小姐的风筝刮到那处去。

“谁投怀送抱了！就他陈朝安会写字？中过状元了不起啊！”韩篱双手叉腰，气不打一处来，她甚至能想象得到那家伙挥笔写下这几个字时不可一世的样子，越想越气。

“我要打断他的手！谁都别拦我！”

无奈她对外宣称温柔贤淑，这却是愤怒的将军府小姐第108次冲着对门宰相府邸远远放狠话了，更无奈的是，几天前老韩大人替她和那个讨厌的家伙定了亲。

这就很让人憋屈。

韩篱跑去书房找她爹老韩大人。

韩篱："爹！我要退婚！"

老韩大人："阿篱啊，来得正好，方才宰相夫妇过来同我议定了你们的婚期。"

韩篱："爹，我说我要退婚！"

"啊，你说什么？"老韩大人演技卓绝，"为父年纪大了，这耳朵啊，好似不怎么中用了。"

韩篱唉声叹气地回到自己的院子里，发现石台边上坐了一个人，这人一身紫黑色的袍子，手里正把玩着风筝。

这副装腔作势的样子，不是那个讨厌鬼陈朝安还能是谁！

"啊啊啊！我要打断你的手！"韩篱冲上去，丫鬟们纷纷不忍地捂上眼睛，小姐怕是又要"送人头"了。

宰相家的公子伸出一只手便轻松钳制住了将军府小姐，甚至都没起身，稍一用力，韩篱便整个人跌进了陈朝安的怀里。

韩篱心里只想骂人，这太不科学了！

"你要不要脸啊！"韩篱挣扎，"放开我！不然我打得你满地找牙！"

陈朝安不慌不忙，云淡风轻地开口："想必你也听你父亲说了，咱俩不日即将完婚。我本人呢，同你一样，也对这桩婚事不甚满意。"说到"不甚满意"的时候他皱了皱眉，叹了一口气继续道："我的夫人应当知书达礼，温柔贤淑，你这模样我是万万瞧不上的。"

听听，这说的是人话吗？韩篱正要破口大骂，陈朝安话锋一转。

"但你我之间的夙怨总得找机会解决。如若我们成婚了，每日同进同出，岂不方便你我吵架争执？"

好像哪里怪怪的。

韩篱脑瓜转得飞快，看着陈朝安一脸正色的模样，又觉得他说的话好像很有道理。

“除非你怕我，不敢入我宰相府同我一较高下。”

“谁怕你了！我这就去同爹爹说，明日我就嫁到你宰相府里去！等着吧，臭小子！”韩篱气昏了头，一脸“明日你就死定了”的凶狠表情。陈朝安作势捂住心口，真是害怕呢。

02

盛大烦冗的婚礼过后，嫁入宰相府的韩篱很快就琢磨出不对了，陈朝安这小子骗她呢。说什么成婚之后每日同进同出方便打架斗殴，什么同进同出？根本不存在的。

每日卯时，她起床给宰相夫人请安，陈朝安在呼呼大睡。等到她请安回来，打算一较高下时，他人却不见了。到了夜里，她练了好几套棍法，又和小喻翻了好几轮花绳，等到眼皮打架困得睡着了也等不到陈朝安回来。几天下来，韩篱很是惆怅。

“小喻啊，”韩篱趴在桌上无精打采，“我是不是结了个假婚？”

小喻眨巴着眼睛不说话，心道，咱也不敢说呀。

“我就不信我逮不到他！”韩篱从凳子上蹦起来，手往桌子上一拍，“啊，好疼。”

小喻担忧地看了眼她家小姐，感觉确实不太聪明的样子。

韩篱没逮到陈朝安，自己倒是被宰相夫人给逮住了。之前见宰相夫人就只是每日的晨昏定省，磕个头，说些客套话，走个过场。这次宰相夫人午饭过后专门差人把韩篱叫了过去。

这架势，就很不一般。

宰相夫人说："夫妇之道，参配阴阳，通达神明，信天地之弘义，人伦之大节也。"

韩篱："啊？"

宰相夫人说："阴阳殊性，男女异行。阳以刚为德，阴以柔为用，男以强为贵，女以弱为美。"

韩篱："嗯。"

宰相夫人说："得意一人，是谓永毕；失意一人，是谓永讫。"

韩篱："噢。"

宰相夫人说："女有四行，一曰妇德，二曰妇言，三曰妇容，四曰妇功。"

韩篱终于忍不住打了个哈欠。她不爱读书，幼时勉勉强强跟着师傅学了两年，后来跟老韩大人撒了个娇，就弃文从武了。宰相夫人说的这些话，对她来说，就像是在听天书。

宰相夫人的脸色有些不好看，她长长地叹了一口气，说："阿篱啊，你该懂事了。"

韩篱自小没了娘，不太懂得如何和母亲这种角色相处。在她的印象里，逢年过节时见到的宰相夫人都是温和端庄的模样，好似一尊观音像，连丫鬟不小心洒了茶水在她身上，她也是和颜悦色地去更衣，从来不会着急生气。先前连着几日的请安，也没有像今日这般的情绪。

韩篱不知道这种场面该说些什么，主要她觉得自己挺懂事的，但在宰相夫人殷殷的目光下，还是缩了缩脑袋。

宰相夫人最后撂下一句话："这段日子就别出门了，午饭过后来随我学些厨房里的功夫。"

啊？韩篱头一回觉得人生好难啊，想回家。

03

韩篱是个舞刀弄棍的主儿，舞起锅铲来自然是差了一大截火候。跟着宰相夫人依葫芦画瓢，也能把菜炒成一团糊糊。有时候韩篱挺羡慕宰相夫人的，人长得好看，厨艺也好，最重要的是，有她这么好的儿媳妇任她折磨。

暗无天日的小半个月过去了，韩篱终于煲出了一锅看上去没什么毒的人参鸡汤，兴致勃勃地端回去给小喻品尝，完全不敢回想前段时间都吃了些什么的小喻表示拒绝。

"算了，"韩篱累得东倒西歪，往床上一躺，"等会儿我自己尝。"然后就睡着了。

韩篱睡沉了，做了个梦。她梦见老韩大人搂着个年轻漂亮的女人，满面春风地和人说着小话。啧啧啧，老韩大人晚节不保。

韩篱冲上前去问："爹爹，你对得起我娘吗？"

老韩大人说："阿篱啊，她就是你娘。"

然后漂亮女人转过脸来。

床铺猛地一沉，韩篱惊醒了。还没看到娘亲的脸呢，有点懊恼，旁边的陈朝安倒是心安理得地躺下了。

坊间常说陈朝安品貌非凡，一表人才，是京城里排得上号的风流人物。韩篱借着烛火看了看，长长一条，笨重得像根圆木棍子，风流个鬼。

韩篱下床准备去尝她的鸡汤，掀开盖子一看，空了。

“小喻，”韩篱抱怨道，“你怎么又倒掉了啊？我还要尝尝呢。”

小喻指了指床上，用口型说了几个字。

韩篱看了半天才明白，震惊道：“喝！掉！了？”

“他知道是我做的吗？”

“嗯，劝过。”

这个陈朝安是哪里来的勇气，不过倒是很有品位嘛。

韩篱莲步姗姗，十分做作地挪到床边，看着睡着的陈朝安得意到不行：“你也不至于一滴都不剩吧，我煲的汤是不是特别好喝啊？”

陈朝安没睁眼，冷冷地说了句：“不好喝，太咸。”

韩篱心想，还装睡，卑鄙。她对着陈朝安“哼”了一声。

陈朝安翻了个身：“值得鼓励。”

要你鼓励！韩篱冲陈朝安的背影翻了个大大的白眼，但不知道为什么，心底好像有一丝丝不一样的感觉。

韩篱想起了她爹。

老韩大人年轻时总往边关跑，老来才得了个女儿，甚是溺爱，逢人便说他的女儿值得这世间最好的一切。

韩篱心想，大概“值得”这两个字对她来说有些不一样吧。

04

这天午后，韩篱照例去宰相夫人那边报道。去了之后发现，咦，陈朝安居然也在。因为那句“值得”，她现在觉得他有点顺眼了。当然，仅限于陈朝安不开口说话的时候。

宰相夫人依旧是端庄从容的模样，语调也不紧不慢：“阿篱啊，你随我学习厨艺也有段日子了，累坏了吧？”

韩篱猛点头，身为一个英姿飒爽的将门虎女，成天窝在厨房里算怎么回事，要不是看宰相夫人说话轻声细语，待人又温柔和善，她早就撂挑子了。

宰相夫人接着说：“往后就不必来了。”

快乐来得如此突然。

终！于！自！由！了！

韩篱喜形于色，朝一旁站着的小喻直眨眼。眼神转回来的时候，看见坐在对面的陈朝安好像要开口说话。她直觉不妙，一个箭步过去，捂住了陈朝安的嘴。

小喻目瞪口呆，她家小姐的神操作真是层出不穷啊。宰相夫人房里的丫鬟们先是怔住，然后纷纷嘴角抽搐。

连陈朝安也是一愣，他和韩篱虽是成婚了，但一直没什么肌肤之亲。此时柔软的掌心覆在嘴唇上，他一瞬间忘记了方才要说的话。

宰相夫人咳嗽了两声，众人才重新回过神来。

韩篱讪讪地缩回手，多此一举地替陈朝安理了理衣袍，然后回到自己的座椅处，乖巧坐下。

假装什么事都没有发生过，完美。

陈朝安吸了口气，说：“往后你跟我一起读书。”

什么？！韩篱像是被雷劈了一道，怎么刚出虎穴又要入狼窝？又是做饭又是读书，她是结了个婚还是报了个培训班啊？

看出了韩篱心里的不情愿，陈朝安眉毛一挑：“你不是想同我一较高下吗？”

韩篱心想，如果是读书这条路子，其实可以不一较高下的。但身为将门虎女，怎么能在众人面前认输呢？于是咬了咬牙，点头应下了。

## 05

读书比做饭要难熬一千倍。

尤其是教授自己的老师从温柔的宰相夫人换成了严厉的陈朝安。

宰相府里时不时能听到戒尺的声响和韩篱的哀号。下人们纷纷缩起了脖子，原来自家少爷这么残暴的啊。

书房里，少爷正在“残暴”地教导少夫人。

陈朝安一手擒住韩篱，一手高高扬起戒尺。

交了几回手均败下阵来的韩篱咋咋呼呼：“疼疼疼！陈朝安，欺负我一个弱女子，你这样算什么英雄好汉！”

陈朝安冷哼一声：“现在又变成弱女子了？”

韩篱辩解：“我将门虎女能屈能伸，你等着，我……”

韩篱说着说着突然腿一软，整个人向地面瘫去，陈朝安没料到她有这么一招，下意识伸手扶住她的腰，然后用力一带，把人拉进了自己怀里。

韩篱半眯着眼睛，在陈朝安怀里飙演技："嗯，看了一整天书，头……头好晕，站……站不住了。"

陈朝安直摇头，从前怎么没发现这人这么赖呢？

就，怪可爱的。

韩篱正得意呢，突然感觉到身体一轻，双脚离地了。

陈朝安抱着韩篱从书房走出来，往卧房的方向去。

韩篱的耳朵紧紧地贴着陈朝安的胸口，能听见他平稳有力的心跳声。书房离卧房分明不远，但她感觉这一路格外漫长。尤其是路过的丫鬟小厮们还窃窃私语，发出些暧昧不明的笑声。

到了卧房，小喻被这阵势吓了一大跳。到底是亲丫鬟，飞扑上来把韩篱摇得七荤八素的："小姐小姐，你醒醒！"

陈朝安面无表情地说："别摇了，读书读死了。"

小喻哆哆嗦嗦地伸手去探韩篱的鼻息。

韩篱一下跳起来："你才死了呢！"

陈朝安满意地点点头："嗯，精神头不错，明日读书量加倍。"

在陈朝安的倾囊相授与武力威胁之下，韩篱终于读完了一些书——那种带图的兵器书，两军交战的布防图，诸国野史之流。

韩大学渣觉得很满意。

陈大状元觉得这是他教学史上的一个挫折。

陈朝安在翰林院任职，近日好像很忙的样子，回来得越来越晚，也没多少精力督促韩篱读书了，鸡飞狗跳的宰相府重新恢复了平静。

天渐渐凉了，韩篱把整个宰相府都逛遍了，就想出府逛逛，谁知道刚带着小喻走到门口，便被守门的小厮拦下了，说是任何人都不允许出府。

韩篱抬杠："那宰相大人他们如何去应卯？"

小厮有点尴尬，补充道："除了大人和少爷，其他任何人都不允许出府。"

韩篱眉头一抬："府里负责采买的婆子呢？"

小厮继续认真补充道："除了大人和少爷和府里负责采买的婆子，其他任何人都不允许出府。"

韩篱撸起袖子，打算动手了，一阵熟悉的咳嗽声从背后传来。

韩篱默默放下袖子，转身向宰相夫人行礼。

宰相夫人说："阿篱啊，今日园中海棠开得正好，你可愿陪我赏一赏花？"

韩篱一碰到宰相夫人就没了脾气，不就是赏花嘛！赏！

韩篱点点头，宰相夫人拉着她的手轻轻拍了拍，一道往园子里去了。

落在后面的小喻看着她们二人走远的背影，觉得眼眶有点湿。若是小姐生母还在世，母女携手同赏花也就是这般模样吧。

赏了半日的花，又在宰相夫人那里用了膳，等韩篱回到自己的院里时，月亮已经挂在了树梢，陈朝安也在屋子里坐着了。

小喻忙进屋给她家姑爷倒了杯茶水，却被韩篱一把抓起来仰头灌了进去。今日陪宰相夫人说了太多话，渴极了。

陈朝安由着她，没觉得有什么不妥，只是侧头看韩篱，问道："在府里闷了？"

韩篱生怕他又要让她读书，头摇得跟拨浪鼓似的："不闷不闷，很充实。"

陈朝安笑道："原本想着明日带你去城外骑马的，看来是不用了。"

"啊？"韩篱利索地倒了杯水，殷勤地送到陈朝安嘴边，"您喝水您喝水您喝水，有话好好说。"

陈朝安顺从地抿了一口："烫了。"

韩篱鼓起腮帮子使劲儿吹了几下，又喂了他一口。

陈朝安："凉了。"

韩篱"哼"了一声，把茶盏往陈朝安手里一塞，然后背过身不说话了。

陈朝安放下茶盏，宽衣躺到床榻上，对着桌子边上那个倔强的背影说："明日午后，接你出门。"

韩篱龇牙咧嘴地笑了。

## 07

月亮落下，太阳高高挂起。

热闹的街市上，一辆不起眼的马车正往城外缓慢行着。

车厢里，陈朝安坐得端正挺直，正闭目养神，对面的韩篱把脑袋搁在窗口吹风。

街市上人来人往，贩夫走卒，引车卖浆，说书人的醒木拍得响声出了茶楼，马蹄声糅在嘈杂的人声里，听得韩篱身心俱爽，连带着看陈朝安都觉得眉清目秀起来。

到了城外，有小厮牵了两匹马来。韩篱双眼放光，纵身一跃跨坐到马背上，马鞭扬起来的时候才想起来问："你怎么知道我喜欢骑马？"

言下之意，你这小子表面上同我针锋相对好些年，暗地里是不是偷偷喜欢我很久了？一想到这种剧情，韩篱还有点小娇羞呢。

陈朝安淡淡回道："老韩大人同我交代过。"

"噢，"韩篱小声嘀咕，"他跟你说这些做什么。"

陈朝安当没听见，跃上马背，冲韩篱一扬头："比比？"

韩篱唇角勾起："来！"

两匹马几乎同时向前蹿出去，风从耳边呼啸而过，韩篱只觉得畅快淋漓。不知跑出去多远，突然听到身后传来马的嘶鸣，韩篱勒马回头望去，只见陈朝安竟从马上摔了下来，马跑了，人在地上滚了好几圈才停下。

赛马活动以陈朝安的坠马告终。

此时日已西下，火红的晚霞横在天边。韩篱御马，陈朝安与她共乘一骑，两人披着暮色回城。

"不会骑马还逞什么能？"韩篱气呼呼地问，还好这人皮糙肉厚，没有伤及筋骨，只是一些皮外伤。

"不是不会，只是这些日子没有休息好，一个没留神，才——"

"没休息好就好好休息，骑什么马！"还找理由，韩篱更气了。

陈朝安索性不解释了，乖乖听训。

马背上有点颠簸，陈朝安身形一歪，韩篱敏捷地抓住他一只手臂，搭在自己腰间，凶巴巴地说：“抱住！”

陈朝安听话地搂住了她的腰。

“我跟你说，回头宰相夫人问起来，你可不能赖我。我若是知道你是这个模样，万万不会同你赛马的。

“回去之后，你得在床上躺几天，冷敷再热敷。

“不行，还是得找个大夫来看看，万一摔坏了脑子就不好了。

“但你也别怕，我小时候常摔。我不是说摔坏脑子啊，我是说摔下马……”

韩篱一路絮絮叨叨，陈朝安想起了幼时去找老韩大人学武的事情。原本老韩大人是不愿自家武艺外传的，后来韩篱出来软软地说了句，这个哥哥这么好看，爹爹要教他呀。老韩大人这才教了他五年功夫定根基。这事儿韩篱自己怕是不记得了，但他一直还挺感激的。

秋日风凉，陈朝安又把怀里的人搂紧了些。鼻下是韩篱的发香，耳畔是韩篱奶凶的声音，他闭上眼，心想，就这样吧。

老韩大人被政敌设计，不得不以高龄弱兵深入凶险的漠北，这件事情就这样瞒下去吧。暗潮汹涌的朝堂，那些坏的人，坏的心思，就让他们一起帮她挡在府邸之外吧。这段日子的奔忙，应当能为老韩大人争取到一支不错的援军。

一切都在计划之中。

只是，阿篱啊，这场婚事原本只是权宜之计，可我现在好像越来越喜欢你了。

你愿意相信我，和我一起等老韩大人回来吗？

08

几日后。

城门口人头攒动，传令官策马疾驰。

“报！漠北大捷！韩将军大捷！韩将军大捷！”

消息传入宰相府，卧床休息的陈朝安冲进厨房，把正在熬汤的韩篱抓出来打了一架。

韩篱莫名其妙：“你有毛病啊？”

“今日心情好，”陈朝安嘴角噙着笑，“我看你这辈子都打不赢我了。我有个建议，你其实可以打我儿子。”

韩篱更莫名其妙了：“你哪儿来的儿子？”

陈朝安炽热的目光盯着她，眼里满是促狭的笑意。

“你说呢？我的夫人。”

END

SHANG SHEN
XI HEN DUO

# 上神戏很多

文/枕衣衫

非典型射手座，时而鸡血时而丧的英语学习“爱好者”。

## 01

百鸟啼鸣，双虹挂日。

今天是江予婧飞升成仙的第一日，按例是要去仙界登记处登记信息的。

登记官打了个呵欠：“今日的登记时间已经截止半个时辰了。”

“不好意思，不好意思，”她小心翼翼地解释，生怕飞升的第一天就得罪了仙家同僚，“我路痴。”

说起来也不怪她，这九重天每一层的入口都极其隐蔽，生怕被人找到了一般。幸亏登记处只在三重天，不然她还得再迟到几个时辰。

登记官勉强“嗯”了一声，将登记簿摊在她的面前：“姓名、修仙年份、物种，填完后等下个月跟其他飞升的小仙一起去面见帝君，到时再统一给你们安排职位。”

江予婧不停地点头，老老实实地将空白处填满。笔锋勾起，她忍不住出声询问："现在天庭还有哪些职位空缺着？"

她在飞升之前，经常偷听山中的精怪们聊天，内容千奇百怪，其中就有天庭职位从属问题。

水神座下事情多，一年到头没几天假期不说，年底分红的灵力还少得可怜；花神公职闲散，但为人轻佻，若是被分过去就要小心贞操问题；雷神脾气暴，基本上每年都要劈黑几个刚刚飞升的小仙……

仙门百家，基本上都被那些精怪们编排了个遍，没有被点名的，只剩下月老祠。

江予婧最大的优点就是好奇心重，当即跳出来表明自己的疑惑："那在月老祠做事呢？"

精怪们闻言抖了抖，眨眼一哄而散。

于是，这便成了她心底最大的谜题。

此刻她终于有了机会，正想旁敲侧击问个明白，就看到原先满脸困倦的登记官看着手上的登记册神情复杂："江予婧？"

"到！"

"你不用等帝君安排，今天就可以入职。"登记官站起身来，"姻司神君交代过，你直接去月老祠报道。"

江予婧不明所以，但也乖乖照做，往月老祠处去了。作为同伴们唯一没有吐槽的地方，她其实满心憧憬。

听说姻司神君，也就是月老，是个和善的小老头，一手红线穿得出神入化，掌管三界姻缘，白色的长胡子甚至可以在上面荡秋千——

"嘭。"

一道法诀冲着江予婧迎面袭来，打断了她的思绪，她堪堪躲了过去，身后的墙却遭了殃，应声碎裂。

她讷讷地仰头望去，先是望见了一身玄色云纹袍，再往上看，便是极为精致的容貌，来人眉眼微微敛起，抬眼冷冽垂眼多情。

而这并非江予婧呆滞的原因，真正让她愣住的，是那位神官身后高悬的牌匾——月老祠。

此刻，姻司神君正居高临下地望着她："怕？"

江予婧咽了咽口水："怕。"

"知道怕就好。"

和善小老头？

白色胡子荡秋千？

不存在的。

月老祠只有一个对着刚飞升的小仙都要示威的神经病。

## 02

在月老祠当职的第二个月，江予婧已经打听清楚了整个天庭的所有传说，也终于明白了一个道理——道听途说究竟有多不可取。

相较于民间津津乐道的水神、花神和雷神，神君中最可怕的便是月老祠的这位姻司神君。

姻司神君原名虚怀，是天帝的第三个儿子、曾经叱咤三界的战神，现因三界和平安稳，于是一屁股坐进了月老祠，成为新一届姻司神君，同时也人送外号"天界第一戏精"。

虽然前后两个职业相差较大，但这并不妨碍他依旧让三界闻风丧胆。以前是因他超强的武力，现在则是因为他不按常理出牌的性子。

三界中的情爱怨恨都由一本姻缘谱而定，而姻司神君所要做的，便是按照姻缘谱上的姓名，给他们一一缠上红线，而花神就曾因得罪了虚怀，被虚怀强行从姻缘谱上除去姓名，从此便是百花丛中过，再无一情缘。

这些年，花神寂寞如雪，一看见虚怀便想跑。有了花神的前车之鉴，不想自己情路坎坷的三界众人，都断不敢惹这位祖宗。

而他们不知道的是，此刻这位祖宗正在砌墙。

“神君，”江予婧看着面前坑坑洼洼的墙，抹了一把脸上的汗水，“这墙砌一个月了。”

虚怀神色如常，继续往墙上糊泥：“嗯，怎么？”

“已经一个月了！”她没有忍住，再次重复道。

自从那天将墙劈了个窟窿之后，她每天的差事便是跟在虚怀的身后糊墙。

偏偏这人糊墙的技术差到爆，还要求完美，凸出来一点便要将整面墙全部再糊个遍，保证平整。一个月的时间，这堵墙比隔壁的墙厚了整整一寸有余。

江予婧不是没有提议过用仙术，这种小问题，捏个诀便可轻轻松松搞定，可惜她的提议刚刚出口，便被虚怀反驳道：“刚刚飞升？”

“是。”

虚怀淡淡地瞥了她一眼，将手覆在她的脑袋上，语气惊愕：“灵力这么低？！多沉下心来干事，有助于你的修行。”他语气真挚。

江予婧想打人：“可等会儿便该去天宸殿了。”

今日是新晋小仙们被天帝分派职位的日子，按理来说众位神官均需到场，好让帝君指派新人，饶是虚怀，也不例外。

闻言，原本正兢兢业业砌墙的他神色微动，将砌墙的工具往地上一扔："何时去？"

她瞥了一眼远空的太阳："约莫还有半个时辰。"去洗把脸再换套干净的官服，时间就差不多了。她心里是这样想的，也是准备这样做的。

只是她还没往殿内迈开步，手腕便被人一把扣住。

江予婧偏过脸望去，见虚怀一脸正色："半个时辰……来不及，只能是你了。"

"什么？"她一头雾水。

"当我的仙侣。"

仙侣，凡间解释为娘子。

03

江予婧一脸呆滞。

见她那副模样，虚怀难得多了几分体贴："高兴坏了？"

"不。"

"但不要太过兴奋，"他认真地看着江予婧，"我们只是演出戏。"

看着他眉飞色舞的样子，她隐约想起前阵子打听到的八卦。

天帝每半年便会举行一次封神大宴，虽说是大宴，但每次飞升上来的仙友也不过才两三个，有时甚至没有。天帝老人家之所以如此兴师动众，其实是为了给虚怀选仙侣。

天帝共五个儿子，如今各个都有了仙侣，唯独剩下虚怀，对情爱之事兴致缺缺，一副“不爱世人，孑然一身”的模样。

天帝小老头心里万分着急，于是想出了封神大宴这招，假借此名义，提前安排好暗恋虚怀的女神官女仙官，给他们不停地制造机会。

这次已是第四届封神大宴。

想来虚怀已经有了经验，所以想拉着她演出戏，拿她当挡箭牌，以绝后患。

道理江予婧不是不懂，可她实在想看虚怀吃瘪的模样，一时之间为难到愁眉紧锁。

“你在月老祠就职，每年的酬劳是多少？”他屈指敲了敲她的额头，问道。

这题她会，在入职的第一天，她便将这个记得清清楚楚：“就职满一年可获灵力三年，之后逐年递加，但若仙阶不变，最多是一年获十年灵力。”

在她答完后，虚怀淡淡地瞥了她一眼，那里面含着些微同情。

没等她仔细思索那究竟是什么意思，他便再次开口：“一千年灵力。”

江予婧倒吸了一口冷气。

她掰着手指头数了数，即便她是小天才，每百年便上升一个仙阶，那从现在算起，也要至少工作近百年才能拿到千年灵力。

“你陪我演这出戏，我给你千年灵力。”

“成交！”

虚怀抬手一挥，一封契约书便砸到了她的脸上，她拉开卷轴，清秀的字体便浮现在半空中。

成婚契约书：虚怀与江予婧今日成婚，虚怀赠江予婧千年灵力。

底下还有密密麻麻的一些条款：

第一条，江予婧不得无故吃虚怀豆腐；

第二条，江予婧不得借此名义在外招摇撞骗；

第三条，成婚期间，江予婧需配合虚怀的剧本，确保剧情完美，看不出瑕疵；

……

刚成婚第一日，她就想悔婚。

不过她没有反悔的机会，虚怀的指腹直接拈起她的指尖。

他早年练剑，指腹带着薄茧，碰触到江予婧的指尖时，带着细微痒意，不过紧接着便是一阵刺痛。

虚怀将两人指尖上的血滴进契约书，一脸满意。

看着鲜红的血液在契约书上慢慢化成他们两人的姓名，江予婧愣住了。

而他的满意也不过持续了半刻："还缺了些东西。"

"缺了什么？"

回应她的，是虚怀从怀里掏出的一捆泛着流金的红色细线。

在月老祠就职了一个多月，江予婧当然知道这是什么东西。

姻缘线。

月老祠求姻缘线，三生情缘一线牵。

姻缘谱上的情缘，皆需此线来系。

她抽了抽嘴角："这不太好吧？"

"嗯？"

虚怀的嘴上发表着疑问，手上却没停，动作极快地摊开掌心，一端线尾缠上她的尾指，一端系上自己的尾指。

红色的细线连在两人之间，带着阵阵流光，转眼又消失不见。

江予婧惊了。

"你刚刚说什么不好？"做完这一切，他开口问道。

"没事。"

反正说什么都晚了。

## 04

封神大宴，众位神官纷纷到场。

一路上，不停地有女神官往虚怀身上砸香囊、砸玉佩、砸灵器……

虚怀面不改色地一次次闪身躲过，就是苦了江予婧——她差点被凌空飞来的一把大刀给吓哭了。

这是哪来的习俗？给心上人丢刀是想一辈子都没有仙侣？

她脚下一个踉跄，为了躲开那把看起来谁被劈谁就要回炉重造的刀，她飞扑进了虚怀的怀里。

虚怀被她扑了个满怀却也没躲，伸手帮她稳住身形，只是垂下头，覆在她的耳边轻声开口："契约第一条，即便是喜欢我，也不能乱吃我豆腐。"

他的声音很轻，说了些什么江予婧其实没有听清。

她的注意力都到了自己耳朵上，虚怀的鼻息喷洒在她的耳郭上，让她从尾椎骨带起些微战栗。

那位丢刀的女神官似乎是个急性子，当即便过来行礼问道："三殿下，这位是？"

他精心安排的戏码终于有了第一位路人参与，虚怀的眼神亮了亮，将江予婧往前推了半步，语气炫耀："看，本殿下的仙侣。"

看着那位红着眼眶跑远的女神官，江予婧抽了抽嘴角，斟酌着措辞："下次换个语气？"

用炫耀新品灵器的语气，或许只能骗走这位单纯的女神官。

偏偏虚怀会错了意，若有所思地摸了摸她的脑袋："你是觉得这出戏不够完整？"

"不……"

"是不太完整，"他打断了她的话，"那就再添一出情节，到时候你就说你怀了我的孩子。"

明明只剩几十步的距离，为了不给江予婧拒绝的机会，他直接捏了个诀，闪身进了天宸大殿。

高台上，帝君正在专心看本次报名做三殿下仙侣的花名册。

"老爹！"虚怀站在大殿内，朗声喊了一句，"今年月老祠已经满人了，不再招收仙官。"

帝君这才从花名册里抬起头，满脸惊恐："为什么？"

江予婧猜测他原本想说的是："为什么？这样我还怎么给你找仙侣？"

"因为我娘子会吃醋，"虚怀勾了勾手指，姻缘线连在两人之间，紧紧缠绕，"您的三儿媳。"

原本热闹的大殿顿时一片寂静。

万众瞩目的江予婧回想起殿外的对话，硬着头皮上前一步，勾着红线的手覆在自己肚子上："帝君，我……我怀了三殿下的孩子。"

帝君一个愣神，将座椅上的云雕扶手给掰了下来。

震惊的显然不止帝君一人，最为震惊的当属虚怀，他瞪圆了眼睛，低头望向她："什么时候的事情，我怎么不知道？"

江予婧想砍人。

神君，你怎么不按戏本来？！

05

封神大宴一过，三殿下有了仙侣的事情立刻传遍了整个天庭。

虽然三殿下平日不太靠谱，但他凭借其俊朗的容貌仍旧收获了一大批女仙的芳心，她们不死心地想来月老祠一探究竟。

这时候，虚怀之前砌的那堵墙便发挥了极高的效用，让想爬墙的女仙官们摔了一大片。

所以她们都不知道的是，此刻那对在天宸大殿秀恩爱的仙侣，现在正在认认真真地吵架。

"当初是你说要加那个戏码的！"江予婧满脸震怒。

"嗯。"

虚怀应得格外坦荡。

"那你为什么不按戏本来？！"

"你才上天庭一个月，怎么可能有孩子？"他喝了口清茶，反问得理所应当，甚至还嗤笑了一声，"即便是有，也不能让我知情，我说话他们向来只信三分。"

江予婧被气得差点一口气提不上来。

这怪谁？！还不是怪你平时戏太多！

然而她的怒容挡不住虚怀的骄傲："总体而言，昨日的那出戏相当精彩。"

江予婧敢怒不敢言，于是掉头就走。

天庭共九重天，月老祠在第五重，她绕来绕去，不知怎么去了第六重，然后就走不出去了。

路痴真要命。

望着周围一片花花草草，江予婧有些呆滞。

她记得刚上来时，有一块五彩缤纷的花田，比平日看到的花田颜色都要艳丽，可此刻却满眼都是一样的田地，她四处寻找了一阵也无果。

她紧了紧身后的小背囊，一时之间相当无助。

气头上跑出来的江予婧才发现，她在天庭上不过待了月余，除了虚怀以外，其他人她概不相熟，连个能蹭住的地方都没有。

"离家出走？"一道男声突然出现在她耳边，饶有兴致地望向她。

江予婧眯了眯眼，在记忆里找到一个名字与其对应。

花神，楚旭。

当年被虚怀无情抹去姻缘的可怜人。

想起自己现今是三殿下仙侣的身份，她掉头就想跑，生怕自己被连坐处理。

可惜她压根没跑两步，脚腕便被两根藤蔓缠上。

楚旭慢吞吞地走了过来，笑道："跑什么？"

江予婧抖了抖，没说话。

似乎看出来她在害怕什么，他笑得眼睛都眯了起来："天庭有规定，不能残害同门，就算是虚怀，当年也因在姻缘谱上强行划去我的姓名，受到了极重的惩处。"

这个传闻的前半截她听过，后半截却从未听闻。

虚怀受了惩处？

受了惩处现在还一副天不怕地不怕的模样？！

见吊起了江予婧的胃口，他忍不住笑出了声："好奇？"

犹豫片刻，她点了点头。

"回去翻翻你们月老祠的姻缘谱。"楚旭眯眼望了一下远处，"你家夫君来寻你了。"

"不算夫君。"她一脸别扭。

对她的话，楚旭置若罔闻："残害同门是不能残害同门了，不过我保护了你那么久，向他收取一点灵力作为利息倒也不过分。"

看着自说自话的楚旭，江予婧动了动被锁死的脚腕，真诚地"夸赞"："你比虚怀还要无耻。"

06

如楚旭所言，虚怀的确在赶来的路上，不过片刻便出现在了两人面前。

看着江予婧脚腕上的藤蔓，虚怀的眸底迅速染上一片墨色。

"放心，没有伤她分毫。"楚旭赶忙高举双手表明清白，"只是这植物你也认识，以灵力为食，你若不给，便只能由她来给……"

“我给。”

虚怀干脆利落地打断了他的话。

江予婧还来不及反应，便看到虚怀蹲下身子，从掌心中飘起一团不断跳跃的光球，喂给她脚腕上的藤蔓。

她不知楚旭究竟要了多少灵力，只看到虚怀的唇色越来越白，就连额头处也浮现了一层细密的汗珠。

半晌，那藤蔓似乎终于吸饱了，乖顺地缩了回去。

旁边的楚旭轻笑了一声：“当年的战神，现今也不过如此。”挑衅意味极浓。

虚怀直起身子，舔了舔唇。

看见他那副神色，江予婧便知大事不妙，果不其然，下一刻，他们周围升腾起一圈火焰，浩浩荡荡地将那花田烧了个干干净净。

江予婧目瞪口呆，而罪魁祸首一脸纯良：“花神太客气了，知道我花粉过敏，还特意将自己心爱的花给烧了。”

没等楚旭回复，他便拽住她的手腕：“娘子，回家。”

她任由他牵着，半晌才想起来问：“你怎么知道我在这儿？”

“你回回都在各个出入口迷路，我便四处找了找。”

说话间，他们二人重新回到了月老祠。她还想再细问些什么，肩膀上却骤然一沉。刚刚放肆地烧了花神庙宇的姻司神君，此刻双眼紧闭地晕倒在了她的肩上。

来天庭这一个多月，江予婧听说的传闻中，出场最多的当属虚怀。

他性格乖张，曾以一人之力抵抗万魔。那一场战役中，他一个火诀便燃尽魔域百里，连天边都被他染上了炽烈的红色，就此一战成名。

可现在的虚怀不过燃了片花田，便晕了过去。

她将虚怀扶进他的寝殿，给他疗伤。

说是疗伤，却也只是给他渡了点灵力，毕竟他身上连个出血口都没有。疗完伤后，江予婧的脑海中全是刚刚花田的景象。

漫天的红色，若是在当年神魔一战中，肯定更为壮观。

说起来，他究竟为何放着战神不当，偏要来做月老祠的姻司神君？这个问题她疑惑了好久，却始终没得到答案。

江予婧坐在床边，看着床榻之上的虚怀。他骨相极好，闭着眼睛时，少了几分凌厉。江予婧这才发现他的眼皮上有一颗淡色的痣，颜色极淡，若不是今日帮他疗伤，她都不会发现。

心尖一动，江予婧伸出手指，轻轻摩擦了一下，她回想起刚刚楚旭跟她说过的话。

“回去翻翻你们月老祠的姻缘谱。”

虽然不爱做牵线的活，但姻缘谱向来是由虚怀保管，不让外人触碰。眼珠转了转，江予婧轻声开口：“我已经跟你签了契约，就看一眼也没关系吧。”

床榻上的虚怀自然是没办法应答，她便权当他默认了，欢快地跳进月老祠内殿，将暗阁里的姻缘谱掏了出来。

“虚怀、虚怀、虚怀……”

她一边念，一边找，最后终于找到了虚怀的姓名。

与旁人的墨字不同，他的姓名是用精血所写。

而下面的缘定之人，叫江予婧。

是她。

不过是损失灵力过重，虚怀第二日便清醒了过来。

他对外依旧是一副不怕天不怕地的混世模样，对内却相当“虚弱”。

“江予婧，给我倒杯水。”

“江予婧，给我拿本书。”

“江予婧，你之前做的桂花八宝羹很好吃，再给我做一碗。”

忍无可忍，江予婧拎起床榻上的枕头砸了过去：“你不过是失了灵力，又不是缺胳膊断腿！”

“嗯。”他接话接得相当流畅，抱着砸过来的枕头，一头墨发垂下，“但我失了灵力，很虚弱。”

他的语气带着三分柔弱，还有两分可怜：“我也不想这样，只是天不遂人愿，咳咳……”

“住口吧你。”天不遂人愿是这样用的?

见虚怀大有一副想继续往下演的架势，江予婧眉角的青筋跳了跳：“等着！我去给你煮！”

闻言，虚怀迅速敛了可怜的神色，拿起床上的书，慢条斯理地翻开，口中不忘叮嘱：“记得多加一勺糖。”

没有人知道，跑去后厨的江予婧，其实已经满脸通红。

自从看到姻缘谱上的姓名之后，江予婧看虚怀便觉得他周身都泛着光。

说起来，虚怀容貌极佳，眉目如画鼻梁高挺，虽然戏多了些，但从侧面证明此人性格不古板，和他一起生活处处都有惊喜。

“真让人心寒。”突如其来的声音让江予婧嘴角的笑容僵了僵。

后厨盛水的空碗里突然出现一株小芽，而后以肉眼可见的速度发芽开花，盛开的巨大莲瓣之上正坐着楚旭。

他一跃而下，莲花转瞬间又变回正常大小："我让你去看姻缘谱，可不是让你芳心暗许的。"

经过那天之后，她对楚旭的警惕心极重："你怎么进来的？"

每个神官的府邸其实都有禁制，除非主人允许或者法力比主人高强太多，不然外人闯不进来。

"我怎么进来的？"楚旭弯了眉眼，"这还要多亏了你。"

"多亏了我？"

"若不是你，他怎么会虚弱成这样？"他似乎是想到了什么可笑的事情，笑得连腰都弯了下来，"这样看来，我们不愧曾是天注定的仙侣。"

江予婧想要高喊出声，让人将楚旭赶走，脑海深处却有幅画面一闪而过。

在姻缘谱上，别的字迹都是墨色，只有虚怀的名字，是以精血为笔墨。

"终于意识到不对了？"楚旭直起腰，"因为那里原本是我的姓名，他抹去我的名字，重新写上了自己的。

"不过姻缘谱的姓名哪有那么好改？

"他此生都需要不断供奉精血，若是断了精血，姻缘谱便会将他的姓名划去，从此三界再无他的姻缘。"

楚旭一句接着一句，说到最后一句的时候，他眼睛里盛满了亮光："我无比期待这一天的到来。"

08

楚旭的话回荡在江予婧的耳边，她想要揪住他问个清楚明白，却丝毫威慑不了对方，只能眼睁睁地看着楚旭消失在自己面前。她咬紧了后槽牙，这种什么都被蒙在鼓里的滋味并不好受。楚旭明显话里有话，可究竟隐瞒了些什么，她不得而知。

端着桂花八宝羹回去的时候，江予婧一直在思索着这些问题。

看着她一脸沉思的模样，虚怀舀了一勺汤羹送到她的嘴边："在想什么？"

她有心事，敷衍道："我在想，这段时间闹了这么一出，以后我怕是找不到仙侣了。"

"找不到？"他挑了挑眉，勾动小指，眼波流转，"这里不是吗？"

原先江予婧可能还以为对方是戏瘾发作，现在却是无法再自欺欺人。

她咬着下唇，纠结半晌，最终还是选择挑明："我看到了姻缘谱，上面写着我俩的姓名。"

"真的？"虚怀一脸惊讶，"没想到我们还是天注定的姻缘。"

"别骗人了！"她低吼出声，"你的姓名跟别人都不一样，到底怎么回事？！"

虚怀没有吭声，一勺接一勺地将那碗甜羹吃完，才重新开口："你真想知道？"

"想。"江予婧答得毫不犹豫。

"那就如你所愿。"

他指尖划过，虚空中浮现出了一道屏障，里面是往日的天界。

三千年前，江予婧才是真正的姻司神君。

她往日没事便往下界跑，听几段话本寻求灵感，而后兢兢业业地给人缠红线。身为姻缘谱的拥有者，她自然知道自己的姻缘，而对方正是天庭花名昭著的楚旭。

听闻他的露水情缘数不胜数，两人打过照面，楚旭仪态堂堂，极尽温柔，可江予婧也清楚地看到，对方的眼中没有情。

姻缘谱定三生缘。

这怕是她和楚旭的最后一世缘，她本没有在意，却在凡间救了大名鼎鼎的战神后开始在意了。

那时正是虚怀与魔族一战之后，虽勉强战胜，却受了很重的伤，化作原形跌落下界，被江予婧无意间捡到。

按照凡间话本，虚怀本该以身相许。可偏偏，先动心的那个人是她。

虚怀心中似乎只有天下苍生，任她百般追求都不曾答应。

只是当局者迷，外人倒看得清清楚楚，那位向来孑然一身的三殿下，从未允许他人与自己如此亲近，更不会任由对方胡闹地将姻缘线往自己手上缠。

两人的事情很快闹得天庭皆知，楚旭也不例外。头顶突然一片青青草原，楚旭咬牙，想要与江予婧提前成为仙侣，却被拒绝。

羞恼之下，他准备强迫江予婧答应自己。

虚怀便是在这时出现的，他将江予婧扶起，低头看着咳血的楚旭，眼神淡漠。

“若注定是这样的姻缘，不如没有。”虚怀偏头望向江予婧，“我可以帮你抹去姻缘谱上的姓名，但一切都要看你的意愿。”

被姻缘谱除名，从此便再无姻缘。而被留下的那人，也好不到哪里去。

可江予婧却没有犹豫："好。"

于是虚怀便动手，在楚旭撕心裂肺的叫喊声中，把楚旭的姓名抹去了。

那时的三个人谁也没想到，逆天改命的惩罚如此之重。滚滚天雷直指虚怀，乌云压天，九重天都为之震动。

当天雷降下之时，是江予婧挡在了他的面前。她位列五重天，拼尽一身修为，几乎魂飞魄散，虚怀情急之下，以自己的精血为墨，将名字重新添在了姻缘谱上，才留她神识不散。

他早就将自己的命，同她绑在了一起。

## 09

过往的回忆随着眼前的画面，重新被唤起。

江予婧踉跄地后退了一步："原来如此。"

说到底，虚怀不过是因为愧疚，前前后后算起来，他欠她两条命。

神君的精血与凡人不同，精血要以丹元的灵气为主，可若长期取用，便会让丹元受损。

虚怀之所以会如此虚弱，也是这个原因。这三千年来，他每十年便需要取一次精血，将自己的姓名重新描绘于姻缘谱的纸页上。

"可以了，收手吧。"

再这样下去，虚怀迟早会丹元尽毁。

虚怀神色如常："嗯，我收手，如今你都已经活蹦乱跳地回来了，也就不用再拿姻缘谱牵着了。"

其实给她看的记忆，只有一半。剩下的那半，独属于虚怀一人。

在强留下江予婧的神识之后，他找遍了三界山川，寻了灵力最充沛的一处让她重新修炼，自己却在一重天时时发呆，一坐便是大半日，只看她在山头修炼。

一日，看到半途，他忍不住改了九重天全部的入口，原本九层入口全部在最东方，好认又好找，结果被虚怀这么一改，变得异常隐蔽。

众位神官莫名其妙，询问之下只得到一个答案："心血来潮。"

只有虚怀自己知道，他不过是突然怀念起那时日日迷路的江予婧，每次迷路后就可怜兮兮地传讯给他的样子。

反正她飞升是迟早的事情，不如就让她多找自己几次，他总归是在的。那时虚怀还不明白自己的情意，只知自己两次冲动，都是为了江予婧。

一次，是帮她抹去姻缘谱上的名字；另一次，便是逆天强留她的性命。

每一次逆天改命，便会降下天劫。

江予婧现在没了记忆，可等她回想起这一切，重新成为姻司神君的时候，天劫迟早会尽数降下。她不知道这些，只知道虚怀放手放得异常潇洒。

这原本是正常的剧本走向，江予婧却还是忍不住一阵酸涩。

"这月老祠原本就是你的府邸，你留下，我回自己的住处。"他身为战神，替她掌管了月老祠多年，也不过一个"愧"字。

挽留的话在心尖绕了一圈，她最终只发出一个单音："嗯。"

说起来也可笑，虚怀在这府邸住了三千年，却没有太多物件留在这里。他袖口一拢，东西便全部收好了。

看着他离去的背影，江予婧一屁股坐在月老祠的殿门口，眼泪噼里啪啦地往下落。

说走就走，浑蛋。

她看了那么多话本，颠来倒去却也只会这几句骂人的话。正想去找找有没有什么新词的时候，九重天内又传来阵阵雷声。

这阵雷声，江予婧十分耳熟。

三千年前，虚怀逆天改命，替她在姻缘谱上除去楚旭的姓名时，也是降下了如此天劫。她脸色阵阵发白，却看见姻缘谱在一阵一阵地发着幽光。与此同时，她勾着姻缘线的小指抽痛，原本紧缠在上面的姻缘线垂落。鬼使神差地，她翻开姻缘谱，看见原本由精血所绘的名字，似乎要脱离纸面，寸寸碎裂。

雷声再次响起，降落的位置，是战神曾经的府邸。

## 10

三殿下成亲了。

跟那次闹着玩的宣告不同，这次是在天庭大操大办，星云都铺了十里，只因原姻司神君看着话本，说了一声羡慕。

成婚当晚，江予婧顶着云盖头，等着虚怀掀开。等了半天，盖头没被掀开，倒是尾指被人折腾了半晌。

她忍无可忍地自己掀开，看着蹲在她面前，不停捣鼓姻缘线的虚怀："你干什么？"

"绑姻缘线啊。"他抹了一把自己的脸，"这玩意儿势利得很，我现在不是姻司神君，它就不让我动了，怎么催动灵力都不行。"

江予婧一把抽回自己的手，指尖一捻，姻缘线便乖顺地垂在两人的指尖："还不是怪你当日强行将它扯下，它有脾气了。"

逆天改命，便会降劫。曾经是虚怀抹了楚旭的姓名，而这次则是因为他强行留下了本该离世的江予婧。

当记忆重新回来的瞬间，便代表原先的江予婧回世，于是天劫降下。

虚怀扯下姻缘线，便是不想连累她。

哪里是歉疚，不过是太晚明白自己的情意，所以改了九层入口，所以精血一绘便是三千年，否则早在留下她神识后，便该停下。

可他没想到的是，她竟做了跟他一样的事情——以自己精血为媒，在姻缘谱上，将他的姓名描绘完整。

原本躁动的字符渐渐平息，金光闪烁，待字迹再暗下来时，金红色的字体变成了墨色。

姻缘谱定三生缘。

自此，便是他们的缘起。

END

NI KAN NA TIAO HE
TA YOU CHANG YOU TUAN

# 你看那条河 它又长又湍

文/公子小白

一个外表比内心白的人。微博 @ 公子小白 - 战斗鸡排

## 01

傻姑小时候溺过水。

村口那条宽阔的大河，名晋水，人掉进去比芝麻粒还小，再细的网眼都捞不出来。傻姑掉下去的时候大家都以为她没救了，亲爷爷眼里汪着一泡泪，正准备往河里跳，这时，岸边闪过一绝世美男的背影。

据称，绝世美男猿臂蜂腰，丰神俊朗，隔着几百米也瞧得真真儿的。

傻姑被捞回岸上，小脸惨白，还有呼吸。

可右手腕却多了一道浑圆的红圈，擦也擦不掉，像拴的红线。

村里人都说，傻姑是河神的新娘。

彼时，见神仙是件很普通的事情。

晋水滋养一方沃土，人杰地灵，好多神仙都爱来这儿旅游。光傻姑自己见过的神仙就有十来个，有的在村里逛逛就走，有的盘桓几日，

一到晚上有些屋顶上佛光普照，胜似白天，很影响睡眠。

傻姑逢仙就问，你看见晋水的河神没?

时间久了，神仙都避着她走，觉得她是个被遗弃的童养媳。

傻姑及笄过了好久，也没等到一个上门提亲的。

这河神真是占着茅坑不那啥，要么就把这红线给去了!

02

傻姑有个狂热的追求者，一个不务正业的小神仙，专门给人凑姻缘。

他长得倒是不差，奈何天天热衷于绯闻八卦。

傻姑很烦他。

小神仙："你知道隔壁的二花和大牛有一腿吗？"

傻姑："不知道。"

小神仙："你知道昨晚三叔和嫂子在草垛里幽会吗？"

傻姑："不想知道。"

小神仙："你知道你爷爷上次去李奶奶家，把你的胭脂也送人家了吗？"

傻姑：……

说真的，仙籍发放应该卡一卡。

小神仙握着一捆红线，出门跑业务。

今天绑绑这家的二妞，明天绑绑那家的铁牛，村里就这么几个人，很快配完了。

傻姑说，什么时候给我也配一个。

小神仙摸着光溜溜的下巴，说她手上这条红线法力强大不可解，已经和晋水的河神绑了。

除非自己升级到Lv.10。

傻姑："你现在啥等级？"

小神仙："刚到Lv.2，不仅可配及笄少女，还能解锁半老徐娘。"

嫁不出去很丢人，至少傻姑自己这么觉得。

她开始督促小神仙跑业务，让他好好升级，先把村里喘气的都配了。

傻姑："我看小花和柱子就很不错，上次小花路过村口，还踢了柱子一脚，说明两人有感情。"

小神仙："什么感情？想打死柱子的感情？"

傻姑："要么你把我二姑安排一下，她做寡妇都三年了。"

小神仙："你二姑这么悍，前夫多半是被她打死的。"

傻姑："你看我家狗和隔壁那只猫……"

小神仙觉得，心上人可能要疯了。

这天，晨曦还未洒满河面，傻姑家的门被敲响。

小神仙一身青衣，长发老老实实在头顶盘了个揪，插一根碧绿的玉钗，肩上挎了个包袱。

傻姑小时候看过几本话本，里面那些多情的小神仙，好像都这样打扮。

小神仙被盯得脸红。

小神仙“唰”地扯出一段红绳：“我听说公主不愿意和亲，我这就去京城，套公主。”

03

这个神仙晋升系统很势利，套傻姑不升级，套公主就能升，一下能跳好几级。

傻姑早想去京城看看，借着这个机会，和小神仙一起出了远门。

小村子不讲究男女有别，爷爷亲自送她上车，还往她兜里塞了两颗红薯。

车轮“咕咕”转，窗外的景色一成不变，傻姑有点犯困。

小神仙低头整理红线，不一会儿，用手肘碰碰她的胳膊。

原来是编了个漂亮的绳结。

傻姑无聊地玩头发，小神仙就一直盯着她的长发，想把绳结绑上去。

傻姑“啪”一下打掉他的手。

傻姑：“你的红线这么不值钱？”

小神仙：“咱俩有什么钱不钱的？你要喜欢，我用红线给你打毛衣。”

小神仙怕她无聊，一路说有趣的见闻。

小神仙：“你知道吗，几千年后的人都不用种地买菜，他们想吃啥，付钱就有快马给送来。”

傻姑：“我知道啊，就像唐玄宗给杨贵妃送荔枝嘛。”

小神仙：“非也，你在东边吃到西边的菜，只需半炷香的时间。”

傻姑："什么马这么快？！"

小神仙："饿了马。"

傻姑："呸，几千年以后的事情听你乱吹。"

小神仙："真的，要是菜不好吃，他们还有投诉的神器，叫大众点瓶。"

傻姑："照你这么说，那几千年后也不需要神仙了，人自己就是神仙。"

小神仙："嘿……你这个角度很刁钻。"

去京城需要个把月，他们的马车颠簸，一路风尘仆仆。

小神仙把傻姑照顾得很好，总是很积极地下车买烧饼，叮嘱店家剁新鲜的葱，夹带一点白花的瘦肉，再放怀里热乎乎地揣回来。

小神仙："喏，趁热吃。"

傻姑："你吃吧，你辛苦。"

小神仙："我看着你吃，我高兴。"

一个神仙在集市上跑来跑去，乌黑的发丝上染了一层灰，青衣也旧了许多，傻姑觉得这神仙做得挺没尊严的，心里却甜丝丝的。

到京城后，两人在客栈歇脚。傻姑生得好看，一张白皙的鹅蛋脸，两颗水汪汪的大眼睛，在人群中很是打眼。

可惜衣服破旧，在一众华丽的闺秀碧玉里，像明珠蒙了尘。

京城物价太高，一件真丝霓裳二两银子，一双蝶飞绣鞋也要半两银子，够傻姑家里开火一个月。

傻姑有些窘迫，伸手拉他袖子。

傻姑："太贵啦。"

小神仙拉起一条绣裙："这件鹅黄的好看不？"

傻姑："我觉得太贵了。"

小神仙："我不要你觉得，我要我觉得。"遂掏出私房钱，给两人换了一身新衣服。两人同时从布帘后钻出来，彼此都被惊艳到了。

小神仙："唔……没想到你这么好看。"

傻姑心想：没想到他也这么好看。

以后不能叫他八婆神仙了。

小神仙："我有名字，你叫我阿晋吧。"

傻姑："我也有名字，以后叫我芍药。"

阿晋掐指一算，自己现在是 Lv.2，想让皇家注意到自己，得先在京城把名头打响。

他连夜去宰相府摸了一圈，搞清楚了宰相两位千金的爱好，都给牵了姻缘。

一位是街口卖鱼的大叔，一位是书斋苦读的穷书生。

芍药觉得阿晋的职业道德有点问题。

阿晋每天无所事事，趴在客栈的屋顶上吹叶子玩。

听说宰相府的小姐一哭二闹三上吊，就差没立地化蝶和人私奔了。

这天芍药回客栈，发现店小二吓得缩在一边直发抖。一问，原来阿晋被绑进了相府。

04

宰相是个勤政爱民的好官，一生不贪财不贪色，如果百姓每人刷一条称颂的弹幕，能把他满屏遮起来。

人到这个年纪，吃点好的高血压，声色犬马也没兴趣，最大的爱好是听大女儿弹弹琴，二女儿唱唱曲，一家人其乐融融。

宰相看着被五花大绑的阿晋，气得牙痒痒。

堂下，一颗神仙脑袋昂得老高。

师爷："呔！你可知罪？"

阿晋："不知！拉郎配是我的天职！"

宰相一拍扶手："好大的胆子！你以为你是我见的第一个神仙？"

师爷从柜子里取出一只竹篮，两手一翻一倒——捆仙锁、桃花符、恋爱占卜专用龟甲……

阿晋傻眼了。

宰相："你们这些神仙，良心都大大的坏。"

阿晋之前留过话，万一出了意外，就让芍药在客栈乖乖等，天子脚下搞业绩，多少有风险。

芍药急得抓耳挠腮，他一个只啃过红薯的小神仙，能挨得住官家板子？话说回来，神仙会不会死啊？芍药把自己的包袱翻了个底朝天，里面杀伤力最大的也就一根胡萝卜，还脱了水。

那根红色的绳结掉了出来。

花朵的形状，是阿晋给她编的。

她在窗口站了一夜，露水打湿了头发。

晨光初露，屋顶落了一只信鸽。

阿晋："哎呀妈呀失算了，这个宰相是见过世面的，之前给皇帝找方子，被神仙骗得多了，搞得我现在说什么都不信。"

鸽子："咕咕。"

阿晋："你现在千万要稳住，别担心，撑过这几天，他就知道我的厉害了。"

鸽子："咕咕。"

芍药看完信，心里稍安。阿晋学艺不精，他那捆红绳估计也就管两三天，两位千金不闹了，宰相也就把人放了。

谁知五天后，相府里还没动静。

芍药铁了心，问后厨借了一把菜刀，磨刀霍霍地冲了进去。

她一路杀到宰相府前厅。

不仅没人拦，师爷还笑眯眯地给她带路。

厅上，阿晋和宰相对坐着，砸核桃吃瓜。席上，大女儿拨琵琶，二女儿奏古筝，十分和谐。

芍药默默把菜刀背在身后，她好想剁了这几天掏心挖肺的自己。

原来那卖鱼的汉子和书生本就是两位千金的心上人。阿晋没绑红线，没用仙法，光讲了两晚上自强民主新女性的故事，宰相府的小姐就揭竿而起了，充分证明了他的实力。

"就这样？"芍药不信。

"就这样。"阿晋点头。

"真这样？"芍药伸出两根手指头掐他。

阿晋摸摸鼻子。

阿晋："其实也没什么，就请我朋友太白金星算了一卦，以后这两人都是庙堂之才，乘龙快婿谁不想要啊？"

芍药搞错了重点："你还认识太白金星呢？"

有那么一瞬间，阿晋在芍药眼里高深莫测起来。

## 05

宰相答应把二人引荐给皇帝，并耐心地解释了事件的原委。

原来这位小公主是皇帝的掌上明珠，芳名远播，一直往北方飘啊飘，飘进了边疆蛮夷的耳朵里。蛮夷大举南下，压到了国境线上，让皇帝闺女和王位二选一。

芍药："打起来我们也不一定输吧？"

宰相："你看我手里这粒核桃，你再看我手里这把锤子。"

"咔嚓——"

芍药："懂了懂了，也不用这么生动……"

把公主送去和亲，皇帝答应了，对国家也有好处，芍药心里却怪怪的。

芍药和阿晋在月黑风高的晚上，被宰相直接送进公主府。

两人共乘一台轿子，路途颠簸，芍药的肩一直往阿晋胸前蹭，阿晋红着脸往旁边躲。

芍药："喂。"

阿晋："嗯？"

芍药："还有多久到啊？"

阿晋："半个时辰吧……"

芍药："你这样胡拉皮条，公主要是不幸福怎么办？"

阿晋："我也是有职业道德的，公主要实在不满意，我就给那什么王子随便拉条狗。"

芍药沉默，摸着手腕上的红线。

芍药："那如果有一天，我要嫁给自己不喜欢的人呢？"

阿晋一愣："谁敢娶你？"

他的本意是，河神的新娘谁敢娶，结果脑袋被芍药锤了。

宰相编了个理由，说芍药和阿晋是自己的远房亲戚，来公主府里帮忙做事。

宰相的亲戚，管事自然得厚待些。芍药做了公主的贴身丫鬟，阿晋则去厨房里帮忙。

芍药第一次见公主，眼睛都亮了。白白净净玉似的女孩子，满头朱钗叮叮咚咚，跑起来有股别样的娇俏。

对，这公主跑得贼快，天天在府上追鸡撵狗，芍药这个从小野大的傻姑都没她脚力好。

晚上，芍药坐在椅子上捶腿，阿晋端了碗鸡汤过来。

翠绿的葱花浮在微黄的面汤上，香。

阿晋脸上锃光发亮，双颊通红，一看就没少吃好吃的。

芍药抢过汤碗："什么时候行动？"

阿晋掏出一根红绳："七天后有皇帝的宫宴，到那时蛮夷王子也会来。你看准机会，先把这根红线绑公主身上。”

芍药从小跟着爷爷长大，心思单纯，不太会说谎。每次和公主对视，她心里就虚虚的。

公主皱眉：“你，过来。”

公主：“你不看我是什么意思，我长得不好看吗？”

芍药：“好看。”

公主：“嗯，这个给你。”

白色的锦帕包了几块精美的油酥糕点。

公主：“我看你昨天坐在外面喝汤，一副没吃饱的样子，别说我虐待下人。这个我吃多了长痘痘，赏你了，你快吃啊！”

芍药被逼吃了一口。

“好香！”

公主眉梢眼角都溢出笑来，拍拍手：“那可不。”

芍药观察过，公主府外戒备森严，但府内还挺平静。

公主也不让人守着，每晚都一个人睡，芍药不费吹灰之力就进了寝殿。大床上，公主睡得四仰八叉，嘴角还挂着口水，公主怀里抱着什么东西，将一半睡颜映得蓝莹莹。光华流转，却不刺眼，应该不是夜明珠。

芍药心想还是赶紧做事吧，她捏着绳子，轻轻地系在公主白皙的手腕上。

啪嗒。

绳断了。

阿晋："不出我所料。"

芍药："什么意思？"

阿晋："这个公主有心上人了，痴迷程度还很高，一般的红线套不住她，看来只能把公主的心上人揪出来了。"

之后几天，芍药和阿晋逢男性就追上去猛看，看得侍卫们都落荒而逃。

府上下到十八，上到八十，好像也没几个能看过眼的。

很快到了宴席当天。

两人一无所获，暗搓搓地站在大殿的最外面偷看。

其实这个蛮夷王子长得还可以，就是胡子乱了点，年龄大了点。他看公主的眼神很热切，一进殿就送上了几大箱牦牛毯子和金器，也算是他们民族比较隆重的礼节。

公主："哼，村炮。"

皇帝："咳咳，怎么说话的？"

芍药算是见识了，皇家吹起牛来那也是一套一套的。什么公主和王子文王初载，天作之合，她的眼眸正好是他佩剑的颜色，他的弯刀就像是她微笑的弧度。

什么有的没的都往外扯。

公主嘴唇撅起，眼看要哭了。

公主："我不嫁，我有喜欢的人了！"

皇帝："胡闹，那个也能喜欢？"

公主："他温文尔雅，长得还帅，说话也好听，哪像这蛮夷钢丝球一般！"

王子：……

皇帝："什么温文尔雅！我看你是癔症了！你喜欢的那根本是个球！"

公主回府上抱头痛哭。

芍药连忙跟去安慰，皇帝老儿也真损，怎么能说人家心上人是个球呢？可怜公主地位尊贵，平时连个年龄相仿的朋友也没有，一把将芍药抱住。

公主："我就是喜欢他啊，可别人都说我疯了，他们看不到，不代表他不存在啊。"

公主一抹眼泪："喏！"她从枕头底下掏出一颗球，蓝光湛然，正是当晚抱着的那颗。

芍药若有所思。

这，确实就是个球嘛。

公主晚上一直粘着芍药，硬要一起睡。

芍药拗不过她，缩在床的一角，迷迷糊糊睡着了。

梦中一片亮盈盈的波光。恍惚中，芍药看到一条平静的大河，比晋水还宽，一眼竟望不到尽头。

一个束发的人影立于河面之上，脚不沾尘。

风吹过，乌黑的秀发飞扬。

芍药："哇，好帅哦。"

人影转过头："你可知我是谁？"

芍药："不知道。"

人影："你个小丫头，怎么会进到我的梦里？"

芍药顿时明白过来，原来这就是公主的心上人！

人影自报家门，把芍药吓了一跳。原来他竟是黄河的河神，真身是一条龙，某天受伤，身体与元神分离，元神的珠子被村民献了宝，进献到皇宫里。

后来元神珠被公主天天抱着睡，两人的灵识就通了。

芍药："公主为了你，被亲爹当成疯子，怪不得宁可配个蛮夷。"

人影：……

芍药："我看这样吧，你继续留在宫里也不合适。我偷了你的元神，给你扔回黄河里去，这样公主也清醒了，你也自由了，说不定公主还能嫁个官宦宰相之子。"

人影："等等，你把珠子扔回去，我拿什么脸留在公主身边？"

芍药："感情你也喜欢公主？"

人影微微偏过脸，耳朵红得可疑。

人影："那荒野蛮夷，竟不知我是谁？他大军压境两个月，为何一直止步不前？我用浪把他们的马都吞了。"

芍药："那皇帝还担心个鬼？"

人影："皇帝老儿不知情，只知道蛮夷一贯厉害。他们打不了仗，又不想白跑一趟，只能骗个公主回去。"

芍药听得气死了，居然敢骗她的公主。

公主还给她糕点吃呢。这冰冷深宫养出的女孩子，也有股点心般暖暖的香气。

芍药：“我来想办法。”

人影：“我的真身修养得差不多了，还差半个月便可出关。到时候直接带着龙宫的宝藏，来向皇帝提亲。”

芍药：“中。”

临走时，芍药心想既然都是河神，那他知不知道红线的事情?

人影：“嗯，你手腕上的红线确实法力高强，这也是你能入我梦的原因。晋水的河神缺了好些年，听说有个继任者，一直没上任。”

芍药很绝望，黄河河神这种大仙都不知道，别人就更不知道了。

07

芍药和阿晋讲完原委，还是一副心事重重的样子。

阿晋：“怎么啦？”

芍药：“我手上这东西是去不掉了。”

阿晋脸上难得露出一丝犹豫。

阿晋：“你这么讨厌这红线？”

芍药：“我又不晓得那倒霉河神是谁，万一是个屁崩眼蒜头鼻的大叔，我直接投江算了。”

阿晋：“你爷爷说是个美男。”

芍药："我爷爷……哼……他老花眼，十米外人畜不分。"

芍药望向阿晋阴郁的侧脸。你怎么就不懂呢，真是急死人啦……

阿晋消失了几日。

不久，蛮夷的军营传出一些骇人听闻的流言，说王子看上了隔壁的母猫，嚷嚷着要带回国做王妃。帐中几位将军也不太正常，天天对着树上的鸟弹冬不拉，有种疯魔的架势。

事情传到皇帝的耳朵里，皇帝欲哭无泪。这年头，人就不能好好谈个恋爱吗?

这下皇帝打死也不愿意嫁公主了。

清晨，芍药美滋滋地坐在院子里吃糕点，阿晋一双眼睛灼灼地看着她，随后他脚一蹬，轻飘飘地带着芍药飞上了屋顶。天还未亮，整个京城雾蒙蒙的，芍药四下张望，好像全世界就剩下了他们两个。

阿晋："我已经 Lv.10 啦，可以给你解线了。"

芍药很震惊："配只猫涨这么多？"

阿晋："好歹是个王子嘛。"

芍药喜滋滋地伸过手，被阿晋轻轻握住，他的手轻轻一拂，线就断了。

芍药转着手腕，总觉得哪里不对。

上次离开梦境前，黄河河神为表诚意，告诉了芍药自己的真名。

他说自己叫阿黄。

为这个名字，芍药笑了好几天。

芍药："阿晋。"

阿晋："嗯？"

芍药忽然跳起来，一把拍上阿晋的后脑勺："你不会就是晋水的河神吧？"

阿晋很委屈："你才知道啊？"

阿晋："严格上来说也不算。我比较喜欢姻缘这个版块，给自己的职业规划也是当红娘，河神证老考不上，也就放弃了。"

芍药："那……那小时候也是你救的我？"

阿晋："对啊，当时你快溺死了，我就给你绑了我的一根头发。和神仙的姻缘，才能救你的命。"

08

芍药忽然拔下他一根头发。

芍药："你，你给我重新绑上去！"

阿晋傻眼了。

芍药："你喜欢我就喜欢我，哪来这么多假公济私装清高啊？难道要给你发朵小红花吗？"

芍药委委屈屈，脸颊通红，快要哭了。

阿晋这才明白芍药的心意，眼睛瞪大了。

阿晋："我，我是看你特别讨厌这红线，总想把它去掉。我不想逼你嘛……我从不打算放你走。但我希望你也有选择。"

阿晋红着脸，缓缓把芍药的脑袋拢进怀里。

阿晋："唉，我真是个傻瓜。"

芍药跟他闹了好几天，说什么都不理他。

阿晋天天对着张冷脸，心里却甜疯了，每天变着花样给芍药做好吃的，还老给她买漂亮的首饰。

今天是镶着小金鱼的簪子，明天是碧绿剔透的玉镯子。

一来二去，芍药也有点挂不住脸。

芍药："你真不能把头发重新绑回去？"

阿晋："不用绑，我已经知道你喜欢我了。

"我搞姻缘这块也有抱负。以后人的姻缘，不用我栓，不用我绑，大家两情相悦，心里那根红线，是谁也解不了的。"

芍药想了想，未来人真挺幸福的。有饿了马，有大众点瓶，还可以自己选心上人。

确实是神仙般的日子啊。

芍药和阿晋回到村子，阿晋当下就跟爷爷提了亲，爷爷高兴地应了。

两人准备婚礼的时候，听说京城来了个富家少爷，带着两艘船那么多的珠宝，扬言非疯了的公主不娶。

天下人意外皇帝的态度，怎么被一点珠宝给打动了。

他们哪知道，有黄河河神做女婿，可不比十万铁师有用？

09

这天，芍药和阿晋肩并肩坐在晋水边。

风吹乱了芍药的头发，阿晋扯下一段红线，很贴心地替她绑上。

阿晋："晋水虽不比黄河富庶，但水面之下也有无数财宝，还有比村子还大的龙宫，你真不用我去考河神证？"

芍药啃了口烧饼："考什么证，是猫咪不好撸还是烧饼不好吃？"

阿晋："可你之前天天嫌弃我不务正业。"

芍药："是你说的，几千年后红娘也是很值得骄傲的职业嘛。我们要走在时代的前面。"

阿晋托着腮，默默望着芍药可爱的侧脸，内心平静又满足。

芍药神经大条，从没问过阿晋为什么喜欢她。

其实两人很早就认识了。那年芍药才六岁，天天在晋水河边玩，因为水性好也没人看管。

阿晋修为短浅，还是一尾青鳞的大鱼，头上长了两只骇人的犄角，照镜子都嫌弃自己。

芍药："大鱼，你长得好大呀。你好吃吗？"

阿晋：……

芍药："大鱼啊，我爷爷说晋水里有好多好东西，什么糕点啊，绣球啊，都有的。你能不能下去看看啊？"

阿晋：……

芍药："大鱼啊，我爷爷今天做了窝窝头。喏，给你吃一个。"

芍药胆子大，阿晋曾经拖载着她，在晋水的河面上玩了很久，一起看过很多次朝阳。

那时候村里正在闹蝗灾，到处谣传晋水里有凶神，芍药也听不懂。

漫长的神仙岁月里，只有芍药，不怕他这个“怪物”。

芍药：“想什么呢？”

阿晋温柔地抹去她嘴角的烧饼屑。

阿晋：“我在想，婚礼那天，你一定很漂亮。”

END

# 玫瑰坠落的五个瞬间

文/三秋

一个不知名游戏盒子。

在我贫瘠的土地上，你是最后一朵玫瑰。

01

悬浮在空中的巨大透明荧屏上正上演着诡谲一幕，那个名叫“Christiania”的自由城终于在军方的攻克下成功解体，自此，这个同莱因特区格格不入的，占地78公顷的旧城区要彻底消失了。

旧城区的街道里到处弥漫着肮脏又黏腻的味道，集装箱堆积的角落是病菌和老鼠的天堂。无数的灰尘扬起又落下，都市的热闹和喧嚣似乎一点都无法感染老城区里迟缓凝滞的气氛。

艾筱拿着微型仿真枪从一个废弃的铁盒子后面钻出来，灰头土脸地跑了几步躲在集装箱后面。她屏住呼吸，汗水落在睫毛上也不敢眨眼，警惕地看了看四周后，她低声唤道：“夏以安！”

在她身后不远处，站着一个二十多岁的年轻男人，身上穿着联邦陆军的制服，没带胸牌，笔挺亮眼的军靴不羁地点着水泥地。比起艾筱来说，他显得从容多了。

夏以安手里握着一只黑色手枪，此刻正勾着嘴角看着这个刚来自己身边半年多的“大麻烦”。女生穿着一条格子短裙，白色衬衫的下摆收进了短裙里，衬出一截细韧腰线，她紧张兮兮的表情好像此刻正在做什么惊险万分的事情一样，尽管夏以安知道方圆十里内除了自己这个最大的危险因素之外，其余的都是小打小闹。

艾筱一看见他笑就浑身发毛。托了他那副好皮相的福，就算夏以安的笑不那么友善，你也无法冲他发火。就像艾筱知道他现在虽然表面笑着，可心里大概正在思索如何用最刻薄的语言去评价自己刚才的考核。

“艾小姐，说实话我并不是太想打击你的自信心，只是我真的看不懂你刚才在做什么。”男人顿了顿，将黑黢黢的枪口对准了她，“和老鼠蟑螂玩躲猫猫的游戏？恕我直言，如果你的敌人是我，可能现在你连枪都来不及拔就会毙命了。”

艾筱抹了一把脸，汗水裹着泥尘在脸上滑出几道痕迹，她浑身僵硬，肌肉因为密集的高强度训练而不可控制地发抖，在这么狼狈得心酸的时候，还要被人用枪指着脑袋……

我真的是雇主吗？

太疑惑了。艾筱不得不在心里又问了一遍——这个家伙真的是我刷爆了一张银行卡请来的顶级私人保镖吗？我是脑子被屁崩坏了吗？

其实这件事还要从几个月前的一场暗杀说起。

艾筱作为一个刚毕业的研究生，一路顶着众多注视和压力进了生物研究所工作。当时她正在跟进的项目是负责破解一百组复杂的基因密码，最优质的基因将作为最强疫苗用于多种疾病。

这种药剂的产生在某种程度上来说威胁到了一些势力的利益，艾筱这个职场新人无疑被迫当了出头鸟和替罪羊，在一个星期内有惊无险地躲过了三场暗杀后她才幡然醒悟——

自己这是挡了别人的道了！

为了保命，艾筱通过中介雇用了一个私人保镖，当时中间人告诉她，现在刚好有个排行榜第一的顶级高手有空档而且愿意接单，除了比别人贵点，其他没什么毛病。而且如果她现在就签合同的话，可以享受九点八折的优惠。

艾筱当机立断就双手奉上自己的银行卡，还觉得自己捡到了宝。毕竟现在市场可不光只是消费者说了算，雇佣合同上写明了这是双向选择，也就是说，除了雇主愿意花钱外，还得看人家愿不愿接你的单子。艾筱虽然平时抠了一点，但涉及性命的事情还是很愿意出点血的，听到中间人这么说后，当即刷爆了一张银行卡迫不及待地签了字。

后来艾筱才知道，夏以安这个浑蛋哪里是有什么空档，分明是因为他被上一任雇主炒了鱿鱼后需要赔偿中介所一笔巨额违约金，所以才会自降身价来接她这个倒霉鬼的单子。

而且他的性格实在是太“龟毛”了，在合约履行期还要对她进行一系列体能训练并且要求她初步掌握各种武器的使用，因为他“并不想在躲避暗杀时拖着一个半残废来削减自己的战斗力”。

艾筱弱弱地说道：“……我觉得我还是挺健全的。”

“是吗，”只见他微微俯身，语气嘲讽，“那你知道你手里这把光刃怎么用吗？这个呢，M170式粒子激光枪，还有这个，麻醉针剂、WEN9微型手枪。”

艾筱抽了抽嘴角：“术业有专攻，不是所有人都像你这样精通这么多武器。”

“所以呢，艾小姐？”夏以安直起身，挑眉看了她一眼。

所以这个雇佣合同到底可不可以解除啊！她宁愿被暗杀也不要和夏以安这个刻薄鬼全天二十四小时没有间隙地待在一起！

并且最让艾筱郁闷的是，自从夏以安来到她身边以后，六个多月了，她的生活除了每天累得像死狗喘气一样的训练之外，没有出现任何意外。

那些藏匿在阴暗角落的暗杀一场都没有出现过，一场都没有！

这感觉好比你买了一把市面上最强悍的武器却只能摆在家里供着！还花钱！还给自己找气受！他们当时的合约只签了七个月，并不是艾筱觉得对家会在七个月里想通后放自己一条生路，仅仅只是因为，太贵了，她真的只付得起七个月的佣金！

“无故解约的话你需要支付我这半年以来双倍的误工费。”夏以安像是看透了她在想什么似的，“好心”提醒了一句。

艾筱现在怀疑他是不是在联邦某著名心理学院获得过硕士学位证书。

夏以安利落地收起光刃和枪门，直起身对她说：“回酒店。”

艾筱刚松了一口气，跟在他身后走了没两步，蓦地看到夏以安拿在身侧的粒子激光枪上闪过一道白色的冷光。她的大脑还在想这枪是不是还没有关好的时候，夏以安已经侧过身用墨绿色的军服大衣裹住了她就地一滚。

出乎意料的柔和男香瞬间充盈在鼻腔。艾筱的额头正好磕在他的衬衣扣子上，视线黑了一刹，耳膜捕捉到外界轰隆一声巨响——

就在刚才两人站过的地方，留下了一个被高分子微型炸弹轰出的巨坑。

艾筱还没从突变中反应过来，就听见头顶传来轻笑，是夏以安充满兴奋和蔑视的声音："躲了六个月的胆小鬼们，终于行动了。"

大衣敞开的时候，艾筱被他从地上拉起来。

"听着，我们现在有两个办法。"因为这场差点把两人炸飞的意外，他的神色里难得带了些认真，"正面和他们打一架，对方人数未知，我们这边是一个半人。或者，先演戏和他们周旋着，等摸清他们老底之后再一锅端掉。"

"你现在有一把光刃，三只麻醉剂，还有一把满膛的微型手枪。现在你就可以拿着这些防身武器乖乖跟在我身后，负责用你那三脚猫的战斗力来迷惑敌人的视线，让他们觉得你虽然身残但志坚，所以无论如何也不会屈服的。"

艾筱几乎不用思考就说："我选第二个办法。"

夏以安站起身，嫌弃地丢掉那件沾了灰的大衣。他看着艾筱，微微勾起唇，从裤兜里摸出来一副无框眼镜架在鼻梁上，然后伸手将有些凌乱的头发全部往后抓："那现在，我就是海外归来的投资者，正好看中了你们实验室的这个项目。而你，就是为了资金不择手段勾引我最后成功上位的，我的小女朋友。”

他说完这段话时，那套陆军制服已经被他扔弃在地上，取而代之的是一套剪裁合体的银灰西装，还真是一副标准的斯文败类的形象。

“您的戏是不是有点多啊？”艾筱无语凝噎，“再说了，凭什么你的形象就光明磊落而我就是为了钱不择手段的渣女啊！”

“很明显，在编造你的身份时局限性太多。一个能够迷惑人的谎言需要掺杂着一些真实，你是项目负责人没错，那么为了争取项目融资款去勾引人傻钱多的富商这个理由也很充分了。”

“……就不能是人傻钱多的富商看上了我的姿色所以死乞白赖要给我们实验室投资？”

“人家是傻子，不是瞎子。”

夏以安满意地勾起嘴角露出一丝微笑，看着她暗自腹诽，觉得挺有趣的。他听见艾筱咕哝着说：“那他们最好赶紧出现，否则合约就要到期了啊，我可没钱续约，我真是老婆本，呸，老公本都交出去了。”

夏以安不怎么走心地安慰道：“放心，到时候我可以再给你打个对折。”他皮笑肉不笑地说，“虽然打对折你也可能付不起。”

艾筱没理他，撇了撇嘴别过头去，她现在觉得夏以安这家伙没有被前雇主们打死的原因可能还是因为他那张脸，实在是无可挑剔。

02

悬浮摩托一骑绝尘，贴着低矮的地面穿行，遇到障碍物时就凌空而起，耍杂技般从闹市轰鸣而过，最后停在了郊区的别墅群外。

艾筱从车上下来的时候，腿软得站不住，她扶着后座喘了一会儿，看见夏以安面不改色地熄了火，挑眉看了自己一眼。艾筱终于忍不住咬牙切齿地问道："夏以安，你以前没交过女朋友吧？"

这男人肯定没交过女朋友，因为没有任何一个男的会在载着妞时将悬浮摩托开到时速三百千米！

夏以安很多时候都不想回答她这些无聊的问题，他掐着表大发慈悲地给了她五秒钟的喘息时间："这个别墅里正在举行的庆功宴上有几位中外闻名的生物学博士，想必他们对你正在研究的内容方向也非常感兴趣。如果我是那些人，我会选择在这里蹲点。"夏以安一边给她讲明情况，一边将一枚针孔摄像头安装在眼镜腿上："只要你以富商女伴的身份出席，我相信他们肯定沉不住气。"

在业务能力上艾筱还是非常信得过他的，因此也没有半点异议。她身上穿着与夏以安的西服同色系的浅灰绸面礼服，颇有些不自在地摸了摸头发说："行，走吧。"

艾筱往前走了两步，发现夏以安还站在原地："怎么了？不走吗？"

夏以安用余光看了看自己空空如也的臂弯，又看了看前面回过头一脸呆滞的女人，顿了两秒，若无其事地收起手臂，下巴一抬，迈开步子径直越过了艾筱。

这庆功宴上大佬云集，艾筱这种小虾米就没什么存在感了。反倒是夏以安，他这回伪造的身份看起来十分成功，不仅顺利通过了别墅门口的虹膜识别，光是他往那儿一站，就有人主动来和他搭讪。

聊的内容还挺专业，夏以安居然也能接得上，端着高脚杯和别人侃侃而谈，看得艾筱目瞪口呆。

反观自己，除了充当一个人形立牌外也没有别的作用了。艾筱不断给夏以安使眼色希望他能意会到——正在和这个家伙谈话的大胡子老外是生物基因里鼎鼎有名的学者啊啊啊啊！要签名要签名！艾筱在心里呐喊了一万遍，奈何这个临时男友和她没有半点默契，直到大胡子走了才问她："你眼睛抽筋了？"

艾筱颓败地说："没什么。"她彻底放弃这种自己根本应付不来的顶流社交，蹭到自助餐区觅食去了。

刚拿起一块点心，还没送进嘴里就被夏以安握住了手腕。

艾筱保持着大张着嘴的样子："怎么了？"

夏以安嫌弃地看了眼点心上面的奶油："别吃了。"

艾筱坚信，一个顶级保镖说出口的任何话都是有他的道理，都是为了雇主着想的。艾筱略一思索，觉得自己太不谨慎了："是怕有毒吗？"

可食物里下毒又怎么能确保她一定会吃到呢？

"不是。"果然，夏以安皱起眉否认了，眼神里有稍纵即逝的苦恼。

"啊？"

"是我有乳糖不耐。"

"什么？"

那么他乳糖不耐又和自己有什么关系呢？艾筱甚至怀疑自己听错了。

"身为我的女伴，你的任何行为都有可能影响到我，继而影响到我的反应速度和战斗力。"夏以安面不改色道。

"……我更加倾向于你是因为自己吃不到所以也不想让我吃到。"

“我是这种心理变态吗？”

“你是。”

如此肯定的回答让他微微眯起眼，夏以安定定看了她片刻，忽然嗤笑一声，俯下身凑近她的耳边道：“如果我想吃，也有一百种不同的方法可以吃到。”

气息拂过耳郭的时候带来微麻的触感，艾筱愣了愣，察觉他玩味的目光落在自己的唇上，整张脸跟掉进沸水里似的红了。

艾筱连连后退三步，捂着胸口，惊诧地问：“夏以安，你不会是想泡我吧？”

夏以安一挑眉，竟然点头说：“是。”

艾筱：“什么？”

夏以安看着她那张蠢脸，说：“我想泡你，用福尔马林。”

艾筱一万次提醒自己，千万不能和这个浑蛋较真，尽管她真的可以一万次对他那张脸心动。真是世界第一没出息！艾筱唾弃自己！

看着她挫败又无语的表情，夏以安有些想笑，但他很好地克制住了，保持着一张扑克脸补充道：“我们最好别给彼此添麻烦，希望能在合同履行期顺利解决你的对家。”

艾筱咕哝着说：“知道了。”

她唇上还沾着一点不小心蹭上去的奶油，瞪他时眼尾微挑，像是某种又蠢又笨的啮齿科动物，对危险一无所知，轻易就能被骗走。夏以安移开目光，微不可查地挑了挑唇。

怎么办，他现在还挺期待合约到期时艾筱要如何痛哭流涕地挽留自己。要不到时候再发发善心给她打个四折好了，四折最低了，不能再低了，夏以安认真地想。

03

在夏以安宣布完他想用福尔马林泡她后，艾筱站在他身边时就自动和他隔出了一臂长的距离。并且时刻保持着警惕，只要夏以安稍微朝她靠近一点，她就跟吃了激素的兔子似的一蹦三尺远。

那神色好像夏以安真的会把她怎么样一样。

其实夏以安只是吓唬她罢了，毕竟艾筱有时候思维的确太跳脱了，让他真的很想反驳这么一两句。但看见艾筱真的这么怕他，夏以安的表情就有点扭曲了。

而且有时候他也并不想句句带刺，只是性格使然，他天生就不是什么棱角柔和的人，学不会温柔和低头，更不懂如何正常表达一些情感。

这就着实让人很烦恼了。

两人一直保持着这种状态，直到宴会过半，这里还是一副风平浪静的样子，夏以安才决定提前结束这场无趣至极的庆功宴，艾筱看他脸色不怎么美妙，也就没凑上去笑话他判断失误了。

从后门离开的时候，艾筱看见夏以安反手拉自己，大概是习惯成自然，身体不自觉地快速躲开了。

她看见夏以安脸上有一瞬间的错愕，接着是恼怒，在艾筱的手臂被几道极快的光刃划伤之后，夏以安的脸色开始变得阴沉。

变故就发生在刹那间。后门这里连接着一片小花园，夏以安前脚刚踏出门就感觉到有不对劲的地方，为了避免走在他身后的艾筱撞上来，夏以安伸手准备拉住她顺便将门关上，以他的反应速度，完成这两个简单动作的同时还能扔一颗催泪瓦斯出去，可夏以安反手一拉，没拉到人。

藏在草木后面的人趁机发难，分散的光刃射出来，力道最大的一道光刃在门上刻了深深的一道痕，其中有几道在半空中被夏以安挡了一下，但还是有一些落在了艾筱身上，柔软的皮肤贴上锋利的光刃，微微一痛，艾筱就看见手臂上裂开一条十厘米的伤口，过了几秒钟后，鲜红的血争先恐后地涌出来。

艾筱：……

妈呀，倒霉的哦！

见她受了伤，夏以安的神情一瞬间变得特别难看，脸色沉得让人害怕，他眼神锐利，一言不发地解开领带扔给艾筱："止血。"

眼见着行踪被人发现，藏匿在草木后面的几个人瞬间暴起，他们的攻击目标非常一致，显然也不想正面对上夏以安，更不想招来别墅里其他人的注意，因此杀伤力强的武器不敢用，倒像是几只恼人的苍蝇一样围着夏以安转。

艾筱一边胡乱将自己的手臂缠起来，一边瞪大了眼睛看花园里的战况。

夏以安可不像他们那样顾虑那么多，他用常嘲讽艾筱不知道怎么使用的那只银色手枪准确地砸爆了前两个人的头，艾筱猜测他不开枪的原因大概只是觉得浪费子弹罢了……从某种角度上来说，有时候夏以安和她还是蛮像的，毕竟他们都是一样的抠。

夏以安好像真的生气了，不知是不是因为艾筱的受伤，与其说是对打，不如说是夏以安单方面在殴打那些人出气，他像是踢垃圾似的将几人踢到花坛后面。

“哎哟！”艾筱尖叫了一声，一只手从门内伸出来将她推了个趔趄，原来还有个躲在角落没有被发现的。艾筱摔倒在地上的同时，夏以安一枪击杀了罪魁祸首。

小花园里一共埋伏了五个人，晕死过去四个，还剩一个半死不活的被夏以安拎在手上。

夏以安从他口袋里掏出几枚纽扣炸弹，顺手就装在了那人的衣领上：“你们是什么货色，居然敢在我面前找这种死。”他手臂上青筋暴起，原本用发胶固定好的头发散下来，一部分搭在眉骨之上，“回去告诉你们的人，有眼力见的最好别再来惹事了，不然你们很快就会后悔和我作对。”

直到那人连滚带爬离开后，艾筱才试图扯了扯他的裤腿：“那个——”

她不知道该说什么好，毕竟此时的夏以安看上去非常不爽且耐心耗尽的样子。艾筱猜测可能是因为在他作为顶级保镖的职业生涯里还从没出现过让雇主受伤这种事，所以他不开心也是理所当然的。

夏以安垂眼看她，看不出喜怒。

“嗯……你要不要先拉我起来？”除了手臂上的伤口，脚踝处好像也受伤了，这周围也没个借力的东西可以让她站起来，“我没事，小伤唔——”

她试图掩饰尴尬的笑容戛然而止，因为一直没和她说话的男人居然弯下腰将她打横抱起。银色的裙摆缠在他臂间，而艾筱是头一次这么近距离地靠近他——通常来说，人与人之间的安全社交距离是1.2米~2.1米，而亲密距离则是0.15米~0.44米，通常出现在好友、亲人以及恋人之间。艾筱怔了怔，不自在地扭了下，把原本想要说的话忘得一干二净。

“别动。”夏以安总算开口说话了，语气僵硬，不怎么好听的样子，“你自己多重心里没点数吗？”

艾筱没计较他攻击自己体重的这件事情，小声嘟囔道：“你这样抱硌到我的胸了。”

夏以安嘴角狠狠一抽，调整了一下姿势继续往前走。

死寂。

尴尬到令人窒息的死寂。

从刚才开始夏以安的情绪就很不对头，毒舌的话变少了不说，连投给她的眼神都怪怪的，艾筱暗自琢磨自己是不是哪里又得罪了他，可惜还没想明白，就已经到了别墅外悬浮摩托停泊的地方。

夏以安将她放在后座上，好似随意地问了句：“你没什么想说的吗？”

“我吗？没啊……”艾筱奇怪地回道，她在夏以安的脸色变得更臭之前赶紧补充，“啊有！”

“糖衣炮弹”衍生书系
《来日方糖》——你和你们就是我喜欢的世界
钟意你 著
bù 撕 × bù 闹 × bù 伤痛 × bù 狗血
四个甜酷女孩的私房物语，
平凡而温暖的闺蜜故事。
THE SWEET FUTURE WITH YOU
大猪蹄子不可靠？闺蜜纷纷来支招！
共度漫漫人生道，我们相伴直到老！
现已上市！超值定价 36 元
漫娱图书

夏以安挑眉。

“你别生气了好吗？”

沾着血迹的食指轻轻拉住他的袖口，带着恳求意味地摇了摇。艾筱颇为头疼，她实在不知道夏以安这种鬼畜性格的男人要怎么哄，但凭着直觉，她还是笨拙地请求他原谅。

“我也不想受伤，谁让你之前开玩笑说用福尔马林……”她低头抠裙子，“再说了，我是受害者，我都没怪你，你自己在那儿生什么闷气啊？”

她软糯的嗓音问得男人一怔。

为什么生气，夏以安也挺奇怪的。

他一向对自己的情绪有良好的掌控能力，该做什么事，该说什么话，该用什么简单的手段赚到比别人多几倍的钱。他就像一台设定精密的仪器，完美地执行着人生中所有的事情。

在接到艾筱这笔单子前的二十八年人生里，他一直是这样的。

夏以安不禁微微出神，其实他最开始选择接这笔单子，也不完全是因为要赔那笔违约金，更多的原因是那段时间他恰好非常无聊，无聊到某天路过中介所时，看见了一个急得团团转嘴里不停念叨着什么的女孩，走近了才听见她从耶稣上帝一直求到南无阿弥陀佛，这信仰简直乱得可以。

求什么神佛啊，只要出得起钱，这世上多的是有求必应。

他就想让她看看，这世上没有神，有的只是强大到可以成为保护神的人——反正闲着也是闲着。

但事实证明，人就不能太无聊，否则很容易惹出些事端来，女人果然是定时炸弹，不过才相处短短六个多月的时间就快要将他二十多年来一成不变的人生搅得一团糟。

夏以安有非常准确的预感，炸弹引爆的那天快要到了。

这预感无法形容，像是潮汐，不由电脑编程严格控制，时不时地冒出来一下，渗透进他包裹严密的谨慎与冷酷里。

实在是……有点糟糕。

04

如果说有什么比刚才那种微妙的氛围更糟糕的事情，那就是当艾筱躺在床上半死不活时，她忽然感觉到一股熟悉的热流沾到了裤子上……

艾筱真的很想口吐芬芳。她一个鲤鱼打挺站起来，表情像便秘一样难看——完了，来大姨妈了。

十分钟后，夏以安打开门，艾筱站在门外。

“干什么？”从车上下来以后，两人再没说过一句话，这会儿他大概刚洗完澡，心情恢复了一点，“你不是声称精神和身体都受到了双重伤害需要休息吗？”

夏以安不着痕迹地看了看她围在腰间的衬衫外套，闻到一股淡淡的血腥味。

“那什么，我有一个不情之请。”艾筱低声说道。

夏以安作势要关门："那就不要请。"

"不行！"艾筱整个人靠在门上去，"虽然可能有一点私密，但我们当时的雇佣合同里写明了雇主可以在合理范围内提出请求的！"

她成功堵住了夏以安关门的动作，也顾不上什么脸皮不脸皮了，干脆一股脑儿全说了："你知道有一个对女生来说很重要的东西吗？就是每个月都要用的，薄的，长的，长着翅膀的……"

夏以安默然看了她片刻，随着她的形容微微眯起眼。

"就是，嗯，卫生巾。"最后三个字她说得尤其小声，说完后一片赤红从脸侧蔓延到耳郭上。

"所以，你让我去给你买……这个东西，你管这叫合理？"夏以安几乎是咬着牙说出口的。

艾筱觉得自己也是万不得已："难道让我一裤子血出门吗？"

夏以安用冷漠的神情告诉她这也不是不可以。

艾筱看了下酒店两侧紧闭的房门，低声说："如果你不信的话我现在就可以给你预览一下效果保证让你终生难忘。"她作势要撩起腰间围的格子衬衫，当然也只是虚张声势罢了，她知道夏以安还没浑蛋到那个地步。

果然，下一秒一只带着洗发水味道的手掌阻止了她，夏以安嘴角抽搐地说："这倒也不必。"

眼看要有戏，艾筱上前一步，双手捉住了他的手腕，祈祷似的包在掌心里，眨巴眨巴眼睛："你就看在这个雇佣关系上……不，看在我们今天的一段露水情缘临时情侣的分上！"

夏以安很想提醒她"露水情缘"这个词不是这样用的，但他垂眼凝视着她白皙的脸，还有那双正在奋力扑闪的眼睛，心里微动，不知道怎么就有点心软了。

艾筱只觉得自己眼睛都眨酸了，才看见夏以安抽回自己的手，回房间去换了身衣服，拿上车钥匙，路过她时不咸不淡地说了句："回去锁好门等着。"或许是不放心，他走了两步又倒回来："虽然这句话连三岁小孩都能倒背如流了，但根据你感人的智商我还是要提醒你一句，"夏以安伸手一推，将人推进自己的房间，"不要给陌生人开门，知道吗？"

现在他就是大爷他说的话就是圣旨，艾筱自动过滤了那里面的嘲讽，点头如捣蒜，用殷切的目光目送着他进了电梯后才关门进屋。

走出酒店大门，被冷风一吹，夏以安忽然又后悔了。

虽然自动售货机就在不远处，但是不难想象，一个男人，一个穿着一身黑脸色很难看的男人，孤身一人去售货机上买女性用品，怎么看都像一个变态。

他吹着风，面无表情地将鸭舌帽压到最低，一边往售货机处走去，一边绝望地想——完了，夏以安这台机器大概真的是线路故障需要返厂维修了。

这个念头直到他买完了东西脚步一转去了药店后，更加清晰了。

三十分钟后，在酒店房间里昏昏欲睡的艾筱收到了一整袋，没错，是一整袋各种牌子的卫生巾以及十多支补血药剂。

"你怎么买了这么多？"艾筱目瞪口呆，"我用半年都用不完！"

夏以安一脸"我怎么知道"的表情，然后叮嘱她："药剂直接口服，一天两支。”

“不用喝药吧，生理期流点血挺正常的啊。”艾筱翻了翻塑料袋，发现还有几包零食，顿时感动得哗哗的，“夏以安你总算是有点人性了呜呜呜呜呜。”

这一次，艾筱清晰地看到，夏以安在听见她说这句话时，很明显地怔愣了一瞬，接着就非常不客气地将她从房间里撵了出去。

艾筱抱着满怀的东西，电光火石间忽然明白了什么：“等一下！”

夏以安关门的手一顿。

艾筱承认错误非常迅速：“我刚才是因为有点困所以偷偷躺了一下你的床，但是你也不至于立马就撵我——”

“砰！”回答她的是一声巨大的关门声。

“漂亮。”艾筱摸了摸鼻子，十分的困惑不解，“不知道的还以为是他来大姨妈了呢，情绪这么不稳定。”

艾筱本来都要走回自己的房间了，可猛然想到距离合约到期日只剩两天了，她踩着拖鞋“吧嗒吧嗒”跑回去，又敲开了夏以安的门：“那什么，雇佣合同是不是要到期了啊？”

“是。”夏以安说，“想续约？”

“续续续！”艾筱忙不迭道，“那群人还没抓到呢，我还命悬一线呢！你可不可以给个友情价？”

夏以安靠在门边，糟糕的心情突然有点好转，他看着艾筱亮晶晶的眼睛，说：“可以啊。”

“多少？”

“内部人士续约可享受最低折扣，算下来只要……这个数。”夏以安比了个数字，艾筱一下子喜笑颜开。

“行行行！”虽然还是贵，但她也不敢厚着脸皮问他可不可以肉偿之类的，她觉得夏以安很可能说出你拿命偿吧这样的话，“那什么是内部人士？办卡吗？VIP吗？”

夏以安狡黠地勾唇，一晚上的糟糕心情都一扫而光，冲她勾了勾手指，半真半假地说：“内部人士当然就是指亲眷家属了。”

亲眷家属四个字，等艾筱反应过来这是什么意思后，彻底闹了个大红脸：“不是吧，你这么、这么重口味？”

夏以安愣了下，不知道她想到哪里去了。

艾筱：“你别想让我叫你爸爸！你太恶趣味了！”

夏以安：……

他倒是真想叫她一声祖宗了。

算了，真是对牛“谈情”。夏以安冷下脸，将她撵走：“你想清楚了再来和我说。”

“又生气，什么毛病啊……”艾筱碰了一鼻子灰，慢悠悠往回走。

亲眷家属……

等等！不是她想的那个意思吧！

理智告诉她，醒醒吧人类，夏以安怎么会对她这种战五渣兼没头脑释放暧昧的信息啊，但无法否认的是，这个念头一旦生根，就一发不可收拾地在她心里迅速茁壮成长，而且她竟然也因为这个原因，不可抑制地感到窃喜。

艾筱一向迟钝的脑回路忽然就灵光了，她耳朵里“嗡”的一声，忽然出现的耳鸣就像是无法解释的骤然加快的心跳，她抱着塑料袋呆滞地站在走廊中间想——这浑蛋是认真的吗？

一些微不可查的片段渐渐串联起来——下午她意外受伤时变得暴戾的夏以安，会主动抱她且废话变少了不骂她的夏以安，给她买卫生巾和药剂任劳任怨体贴入微的夏以安。

是认真的吗？

是认真的吧！

05

认不认真这个问题还没得来考证，第二天他们出门的路上就出了岔子。

今天夏以安没骑悬浮摩托，他从中介所借了一辆跑车，本来打算带艾筱再转转的，结果对家不请自来，在半路上把他们给截了。艾筱正在出神想着夏以安昨天对自己说的话，整个车身忽然三百六十度转了一圈，要不是她系了安全带，非得被扔出去不可。

令人牙酸的刹车声混着艾筱的惊呼，她还来不及做出反应，就听见夏以安无比冷静地说："麻烦来了，拿好枪。"

在跑车的正前方，十多辆型号不一的引力车围成一个扇形挡住了他们的去路。

夏以安递给她一把麻醉枪，一把 M170。

这么大的阵仗艾筱还是头一次见，夏以安侧目看她，有些生疏地安慰道："别怕，情况不算糟糕。"

艾筱："不怕，我……我不怕！"

夏以安："你可以说实话。"

艾筱："可说实话会被你鄙视！"

艾筱咬牙，在他打开车门出去之前，一把攥住了他的手："你小心啊！打不过咱就跑，实在不行我放弃这个项目也可以！"

真奇怪，她对那个项目明明很在意，居然会主动说出要放弃的话。

夏以安心情很好地轻笑："怕什么，反正合约不是明天就到期了吗？如果我出事，你也不需要负责。"

"你说什么啊！"艾筱有时真的分不清他是玩笑还是认真，"你还在生昨天的气啊？我又没说不续约，我续还不行吗？爸爸！"

夏以安说："你知道吗，"一身黑衣的男人站在门边，俯身看她，表情居然有些咬牙切齿，"我真想敲开你的脑袋看看里面的水盛满没有。"

夏以安重重把车门关上，在这么剑拔弩张的时刻，他还有心思分神去想刚才艾筱说的那句话——

不管她刚才叫他什么，她是说了她要续约这件事吧？

说了的，而且还拉住了他的手。他优秀的神经感应系统将那种柔软的触感记得非常清楚，除此之外，还有她靠近时扑面而来的淡淡香气。

他当时有没有控制好自己的表情啊？记不太清了，夏以安觉得这个问题有待论证，还是解决了这堆麻烦后再说吧。

思及此，他才回过神来。

就在艾筱还在心烦意乱的时候，外面突然爆闪一阵银光，接着是轰隆几声巨响，等艾筱适应了这阵光线后才发现夏以安不知道什么时候移动到了那些引力车的中间。

看来他真的打算正面刚啊……

艾筱虽然打架不行，但这段时间被夏以安强行灌输了些杂七杂八的知识，是以她看了几眼后就明白了——夏以安是打算利用引力车在高速移动下燃油箱将升温到爆炸临界点的特点突围，所以他并没有硬上，反而是带着笨重车身一直在绕圈。

虽然道理是懂了，但亲眼看着别人如何实践还是很紧张的。

除了紧张外，还有担心。艾筱只差从车里冲出去给他喊加油了，但是她知道这样很可能会被夏以安按着头骂蠢货，所以她还是克制住了。

在夏以安成功拖住引力车并点燃油箱后，她凉得发麻的手脚才总算恢复了一点。

可是等了十分钟，夏以安还没出来。

二十分钟，引力车的防自爆系统开始启动，滴滴滴一片乱响，里面被震晕的人发出痛苦的哀号。

二十五分钟，仍然没看见夏以安的身影。

艾筱开始慌了，她后知后觉明白过来为什么合约期越近她就越心烦意乱，因为她真的隐约感觉到，夏以安对自己不仅是对普通雇主那么简单，而她当然也不只是把这个家伙当成随时可以卖命的保镖那么无情。

艾筱一下子慌了神，正当她准备打开锁死的车门时，车身猛然一震，一个灰头土脸满是血腥味的人坐了进来。夏以安从没这么狼狈过，腰侧染了血，他简单地用皮肤黏合剂处理了一下。转头刚准备让艾筱把车钥匙递给他，就看见她挂着眼泪，俨然哭成了一个泪人。

“……哭什么。”

回答他的是艾筱没头没脑落在他脸颊上的亲吻。

柔软，微凉，带着眼泪和哽咽的哭泣声。她好像根本没意识到自己做了件什么事情，哭得一发不可收拾，让夏以安还没来得及仔细体验当时的心情就要赶紧去安抚她。

“别哭了，我没事。”

“我有事！”艾筱抹了把脸，“合约还没到期呢，你死了我找谁赔偿啊！”

“也没几个小时了。”

“我续约！”

“你有钱吗？”夏以安听见自己的声音轻之又轻。

车里一下极静，只有艾筱偶尔的抽泣声。

夏以安有些头疼，不禁怀疑她是不是又没懂。

“你刚才亲我——”

“不是有内部亲友价嘛——”

两人同时开口说道。

他们对视一眼，然后各自脸红心跳地别开脸。夏以安咳了一声，皱着眉头问：“你别是为了打折才亲我的吧？”

“你居然把女生的吻曲解成这个意思！”

“那叫吻吗？我以为你要撞死我和我同归于尽。”

他看见艾筱因为辩不过自己眼眶又发红了，夏以安叹了口气，手指轻抚她的颈后让她贴近自己，然后在她唇上落下一个轻柔的吻。

艾筱愣住，晕乎乎地想起忘记了在哪里读过的诗，说亲吻就像是此刻风里云里的山峦草木，都将会重新沉入水底，重新做回深海里发光的珊瑚。

“确定还续约吗？”

“是内部亲友吗？”

“是。”

“我续！”

“行，那现在交一下定金吧。”

“……夏以安！！”

“啧，别动手，逗你呢。”

END

# 出租男友

文/沐鹤

成天幻想自己单枪匹马闯荡江湖的中二病少女 微博：@一沐鹤一

01

安宁经常说陈若鱼有中二病，脑子里装的尽是些稀奇古怪的东西，所以陈若鱼做再奇葩的事情她都会觉得正常。

可是当陈若鱼拉着一个西装革履的男人站在她面前的时候，她觉得这女人是真的疯了。

“你这是？”

“我租的男朋友，”陈若鱼踮着脚豪迈地拍了拍身侧男人的肩膀，挑眉问，“怎么样？是不是很帅！”

“租的？！”

安宁一脸见了鬼的神情，觉得这次陈若鱼的脑子是真的坏了。

“对啊，这不是快过年了嘛，我妈一直催我找个男朋友，还说要给我安排相亲。”陈若鱼边说边用手比画，将心里的嫌弃表达得淋漓尽致。

“我怎么可能任她宰割啊，就跟她说我有男朋友了，结果她就让我把人带回家说是要亲自掌掌眼。”

“你就说男朋友忙不就好了？”

“我妈那性子你不知道啊，这一次不带回来，能叨叨到我耳朵起茧子。早带回给她看了就没那么多事儿了，大不了以后问起来我就说分手了。”

陈若鱼觉得自己真是个小机灵鬼，她本来还想着找个老同学客串一下，结果正好在商场大厅看见了“出租男友”。

她灵光一现，立马挤进人群，一眼就看见了一身黑色西装的男人站在出租位前面，当下决定：就他了！

于是陈若鱼半拉半求地让这位帅哥演一下自己男朋友，没想到他听完前因后果后竟然答应了。

“阿姨知道了非杀了你不可。”

安宁跟陈若鱼幼儿园就在一起玩儿了，两家人又是邻居，她太了解陈妈妈的脾气了。

小时候陈若鱼犯二非说万物皆有灵性，抓了几只蜜蜂往家里带，说是这样就可以吃蜂蜜了。结果那天晚上，整栋楼都能听到陈若鱼的号哭和陈妈的咆哮。

陈若鱼笑嘻嘻地拉过安宁的手：“所以你千万要帮我保密啊，必要的时候记得配合我演一下。”

禁不住她一直在耳边说，安宁只能勉强答应，瞥了一眼旁边的男人，小声问陈若鱼：“他叫啥啊，长得还挺帅的。”

“那当然，不帅怎么配得上我这绝世容颜，他叫……”陈若鱼挠了挠头："对了，你叫啥来着？"

安宁目瞪口呆，都到家楼下了还不知道人家叫什么。

"楚晏，河清海晏的晏。"楚晏一直在旁边默默听两人对话，手上还拎着刚刚陈若鱼塞过来的包，笑意浅浅。

两个小时前。

楚晏正在做"出租男友"这一项目的市场调查，突然一个人上前扫码付了钱，拉着他不由分说就要往外走。

来人一边走一边说："兄弟，我看你挺面熟的，我这里有个生意你要不要做一下？"

他看着陈若鱼："哦？什么生意？"

"算是拓展业务。"

陈若鱼眼睛弯成一道好看的半弧："既然是出租男友，我刚刚付了钱，你现在也算是我的男朋友了，陪我去见个家长吧。"

楚晏愣了一下，其实想说刚刚那个位置上的男人上厕所去了，他只是正好站在那儿，但看着陈若鱼的时候却将这话咽了回去。

陈若鱼以为他不乐意，连忙劝道："你说怎么挣钱不是挣，只要你演技在线，片酬好商量！"

"要怎么演呢？"

"这样，待会儿我们去买点水果和礼物，你跟着我回家。你放心，这些钱我来出！"陈若鱼拍着扁平的胸，"你表现得像个五好青年就行，其实你这脸乍一看就是个好人根本不用演，总之我妈问什么你答什么就好了。"

她简单地介绍了一下剧本："要是问你什么工作，你就说自己开个小公司，问咱俩怎么认识的就说朋友介绍。其他的你自己看着编吧，我对于这方面也不太擅长。"

没想到楚晏点了点头，就这么接下了"拓展业务"。

陈若鱼有点沾沾自喜自己竟然把人说服了，口才简直没谁了。

在正式上战场前，陈若鱼将人拉来给安宁先瞅瞅，于是便有了方才那些谈话。

安宁礼貌地点了点头："叫我安宁就好，我是小鱼的发小。"

"哎呀！"

两人互相打量着，一旁的陈若鱼忽然叫了一声，把手机塞进包里拉着楚晏说："我妈问我们到哪儿了，快走吧。"

说完背对着安宁挥了挥手："下次找你吃饭，先走了！"

安宁愣愣地看着拎着大包小包的两个人，摸了摸脑袋喃喃道："怎么总感觉这男的在哪儿见过。"

02

"来啦！"

门一打开就听到一声招呼，老太太竟然还化了妆，在门口乐呵呵地看着两人。

"妈，这是我男朋友楚晏。"陈若鱼喊了一声，转身冲楚晏使了个眼色，后者十分上道地喊了声阿姨。

"拎这么多东西干吗，就来吃顿便饭嘛。"陈妈笑得眼睛都要眯在一起了，接过楚晏手中的礼物，转头看见陈若鱼把衣服往沙发上一甩已经开始偷吃了。

“馋猫，客人还没坐下呢。”陈妈两步上前拍了她一巴掌。

手被拍了一下，陈若鱼不满地嘬了嘬手指上的酱汁，转身冲楚晏招了招手：“楚晏，快来吃饭。”

饭吃到一半，老太太给楚晏夹了个虾，开始查户口：“小晏，小鱼跟我说你是开公司的，开的什么公司啊？”

“做自媒体，”楚晏答得诚恳，怕陈妈听不懂又贴心解释道，“就是拍东西做成视频发到网上去的那种，有时候会去组织一些有意思的活动。”

“哦……”陈妈似懂非懂，但是觉得对方既然能开公司，那应该经济状况不错。

“你家是哪儿的呀？”

“也是A市的。”

楚晏随手扯了张餐巾纸给陈若鱼递过去，后者正愁没东西擦手，一脸感激地接过去。

“小晏咱们加个微信吧，阿姨最近刚刚学会用这智能机，不太熟，一问小鱼她就说她忙。”陈妈拿出手机递过来，目光落在楚晏身上挪不开。

“好，您有什么不知道的直接问我就好。”

加上微信，陈妈转头瞪了一眼正毫无形象啃鸡腿的女儿，再看一眼这彬彬有礼的未来女婿，简直就是好白菜被自己的猪拱了，不知道该开心还是惋惜。

一顿饭下来，陈妈全程乐得合不拢嘴，对楚晏更是满意得恨不得认作干儿子。

陈若鱼瞥了楚晏一眼，手拿到桌子下暗暗竖起了大拇指：可以啊，编得像模像样。

楚晏与她眼神交流了一波：过奖过奖。

两人这一番的眼波交流在陈妈看起来就是在眉目传情，藏不住眉眼里的笑意，吃完饭就说自己要出去跳舞，给他们留出一片二人世界。

门刚合上，陈若鱼拉着楚晏就要走。

“去哪儿？”楚晏有些蒙，“不等阿姨回来吗？”

“等她回来你今天怕是要住下了，我付不起那么多片酬。”

陈若鱼抓了外套拿过钱包：“我今天扫码扫了五个小时的，现在正好，再给两百算是额外片酬，趁我妈走了赶快溜，等她回来我就说你家里有事先回去了。”

她急急忙忙的模样楚晏看着想笑，他把钱叠了放进西装内袋里。

“那，合作愉快？”

“十分愉快，兄弟，奥斯卡欠你一座小金人。”

陈若鱼吹着彩虹屁，干脆利落地将人送走，生怕他嫌钱不够。

03

翌日，陈若鱼醒来的时候太阳已经晒屁股了。她眯着眼在床上摸了半天的手机，一打开就看见微信的好友申请提示。

是楚晏，这家伙怎么会有自己的微信号？

通过好友申请之后，陈若鱼发了个熊猫头的表情包过去：你怎么会有我的微信?

楚：阿姨转了红包给我，说不收就生气，我觉得还是还给你比较好。我跟她说和你吵架了，你把我删了，让她把你微信号给我。

嗯，条理清晰，思路明确。

陈若鱼欣然接受了这个解释，收了他转过来的五百红包。

小鱼：真是亲妈，我都没有这种待遇，看来这还真是个看脸的时代。

她噼里啪啦一顿打字，对方很快就回了。

楚：下次有需要，随时找我。

楚晏看着发出去的这句，想了想又补上一句：打八折。

小鱼：好说，好说，祝你生意兴隆。

陈若鱼发了个龇牙的笑脸过去，放下手机便起床去梳洗。

陈若鱼心里觉得大概没有下次了，若是老妈问起来她就直接说分手了，心情悲伤不想找下一个，一举两得。

接下来的几天，楚晏安静地躺在她的列表里，直到她跟安宁逛街的时候遇到了“死对头”。

“小鱼！”

隔了大半条街，一个穿着火辣吊带短裤的女人冲两人挥着手。

“怎么逛个街还能遇见王蕊啊。”安宁皱了皱眉头。

陈若鱼在一旁扯着假笑：“说明今天黄历上一定写着不宜出门。”

那人是安宁和陈若鱼的高中同学，人称“八卦小能手”，学校里但凡有什么风声她都知道。

陈若鱼一向觉得她十分造作不想多接触，但是事情往往是不遂人愿的。

这家伙成绩常年和陈若鱼不分上下，陈若鱼虽然人二了些，但是好胜心简直爆棚，因此两个人之间火药味很浓。

“我听我妈说你找了个很帅的男朋友？怎么还是安宁陪你逛街啊？”王蕊一口瓷牙白得发亮，话里带着一丝挑衅，“后天就同学会了，你带你男朋友一起来呗？”

旁边的安宁脸色不是很好看，租一次男友就够荒唐了，总不能再来一次。正要帮忙推脱，谁知陈若鱼扬起微笑一口应下。

好胜心使她不可能在这时候被打脸，安宁暗中拽她也没能阻止陈若鱼。

“同学会正好周末，我一定带他来。”

陈若鱼表面淡定，但是心中却在咆哮——不过两三天的功夫，为什么连高中同学的爹妈都知道自己找男朋友了！

她知道谣言传播的速度很快，却没想到简直比瘟疫还快！

果然，撒一个谎就得用一百个谎来圆，这话不是没道理的。

王蕊寒暄后就走了，安宁表示担心：“她就是想逞一时嘴快，你糊弄过去就行了，干吗答应，你去哪儿找男朋友啊？”

陈若鱼高深莫测地看着安宁。

“你不会又要——”安宁一脸不敢相信。

“这次还有八折！不用白不用。”

陈若鱼气势汹汹地掏出手机，给楚晏发了条消息：后天晚上七点，租你三个小时，记得打折。

办公室里正在看文件的楚晏听到手机的震动，打开手机就看见了一个标志性的熊猫头，下面还有一段话，弯了弯嘴角。

楚晏的手指在屏幕上按动——

**好。**

04

再见楚晏是在同学会上，陈若鱼没有想到老同学里竟然有人认识他，而且看起来他在高中时应该挺出名的。

她悄悄问安宁："为啥我不认识？"

"你金鱼记忆你记得谁？"安宁一脸鄙视，"第一次见面我就觉得眼熟，刚刚他们一说我才想起来他好像就是咱们隔壁班的，挺厉害的。"

"啧，挺厉害的现在竟然混到出租自己了吗？"陈若鱼一脸英雄落拓的惋惜模样。

楚晏站在同学中间，温和却疏离，听到声音转头正好看见陈若鱼上下打量着自己。

"今天的演技怎么样？"他递过来一杯放了苹果的水，可以解酒。

陈若鱼耸了耸肩："不错。"

喝得有些醉醺醺的她眯着眼，忽然靠过去凑到楚晏耳边，没头脑地问道："老实说，你是不是经常接这种业务，这么熟练？"

楚晏看着倒在自己肩上的人双颊一片酡红，眸子里满是碎金。

"那倒没有，你是第一个。"

"看来是别人没有我这么机智。"陈若鱼颇为得意。

她到后面越玩越嗨，一不小心喝大了，不知道乘机揩了楚晏多少的油。若不是安宁及时拦着，只怕要扑上去调戏了。

最后楚晏将安宁和陈若鱼送了回去。

那之后，不知道是不是天意弄人，很多场合陈若鱼都需要楚晏这个还不错的“男朋友”帮自己撑场子，两人的搭档也越来越默契。

从公司年会搭档男伴，到搬家找人帮忙，她找到楚晏的时候，他都正好有空。

陈妈还时不时喜欢请楚晏去家里坐，陈若鱼也就延后了通知陈妈“分手”的消息。

渐渐地，陈若鱼发现，这个租来的男朋友用起来倒是挺顺手的，唯一美中不足的就是需要花钱。

可毕竟好看的脸都是要收钱的，这一点陈若鱼倒没觉得自己有多吃亏。

她跟楚晏在微信上聊的天也越来越多，从工作到生活，天南地北。

偶尔陈若鱼会问起楚晏今天有没有将自己租出去，后者总是笑着回业绩太差，没有人租。到后来每天早起摸着手机会给对方发一个早安，睡前发一个晚安已经成为习惯。

又一次因为工作搬家，陈若鱼叫来了楚晏，却无意间看到了几张高中时候辩论赛的照片，泛黄的老照片上跟她隔一个人站着的人竟然是楚晏。

“你是不是一早就认出我了？干吗不早说？”陈若鱼转身一个擒拿手就将楚晏压倒在沙发上，气势汹汹地问他。

“告诉你我也要挣钱啊？这跟咱们的合作也没多大关系。”楚晏被压着也不挣扎，一脸无辜。

陈若鱼一时无言以对，狐疑地看着他："你是不是还有别的事瞒着我？"

被压着的人毫无被压的自觉，双手枕在头后，笑得温润无害："你之前说自己记忆差，我还以为是假的。"

"嗯？"陈若鱼有些摸不着头脑。

"高一辩论赛，我是你对面二辩。后来考试，我十有九次坐你后面，高二辩论赛，我还是对手二辩。大一运动会，我是你的搭档主持，大四毕业晚会……"

楚晏一件一件慢慢说着，像是在介绍自己珍藏的宝贝。

"等等，等等！"陈若鱼瞪大着眼睛，"你还跟我一个大学？"

她现在开始觉得自己的记忆是不是被挖去了一大块，怎么她从来都没有注意过自己的搭档是谁？

"我高二圣诞节去给某人送苹果，想告白，结果她直接推开说不要。"楚晏缓缓起身，凑近盯着她的眼睛，"那可是我人生中第一次告白，竟然直接被拒绝了，记忆犹新啊。"

"咳咳……"陈若鱼心虚地咳嗽，躲开目光，"那谁知道是你啊，而且谁知道送苹果是用来告白的，我只是不喜欢吃苹果嘛……"

她被逼着往后退了退，觉得自己似乎真的有些理亏，只能作罢，转身继续收拾东西。

"那你现在喜欢吃吗？"楚晏坐在沙发上，沉默半晌之后问道。

"不喜欢吃的东西就是不喜欢吃啊，以前不喜欢怎么可能现在就喜欢了。"正往大袋子里面塞衣服的陈若鱼随口答道，并没有意识到自己说的话意味着什么。

也没有看到身后那双明亮的眸子一点点暗了下去。

05

等到陈妈妈说最近很少看见楚晏了，陈若鱼才想起来，确实很久没有见到他了。

她这半个月来忙工作忙得晕头转向，都没跟他聊过天。

微信点开他的头像，正好看见了他朋友圈一条十分钟前的新动态，好奇心驱使陈若鱼点了进去。

——西餐厅里，照片里的姑娘优雅地切着牛排，很漂亮。

“有新老板啦？”

消息发过去，犹如石沉大海，十分钟都没有回。

“有时间发朋友圈没时间回消息。”陈若鱼磨着牙碎碎念，那架势像是能把人咬在嘴里磨碎似的。

“跟小晏吵架了？”陈妈看到她脸色不好看，小心翼翼地问道。

“没，分手了。”也不管陈妈一脸震惊的神情，陈若鱼说完就关上门说自己要睡了，结果却辗转反侧怎么也睡不着。

陈妈也好，同事朋友也好，除了安宁，每个人都真的以为他们是男女朋友。戏演得很成功，只是她入戏有些深了。

一定是这样。

陈若鱼点了点头，一个转身熟练地将自己裹在被子里，编辑了很久的消息，一个字一个字打上去，一个字一个字删掉，最后重新编辑好，点击发送。

“这段时间合作很愉快，以后应该不会租你了，祝你生意兴隆。”

消息发送过去后，陈若鱼下一秒立马就将楚晏删除了。愣愣地看着减了一个的列表人数，心里涌起一阵烦躁，陈若鱼将手机关机，倒头就睡。

没有什么是睡觉不能解决的问题，如果有，就睡个三天三夜。

第二天她睡到日上三竿，正准备请假，手机开机时发现有个未接电话，只有一个，是楚晏打来的。

“昨天九点，吃完饭打的。”陈若鱼看着时间，挑了挑眉，想着他大概是打电话问自己为什么要删好友吧。

打一个打不通，就放弃了。

“啊！”陈若鱼抽风地开始在床上打滚，蹂躏着无辜的枕头，“凭什么才打一个！男人都不是好东西，都不想知道为什么会被删！”

叫到一半，外面响起敲门声，陈若鱼光着脚，像是一直炸毛的猫，满是愤怒地拉开门吼道：“谁啊——”

随后，整个人石化在原地。

“陈妈妈昨天问我们为什么分手，让我来哄哄你。”楚晏扬了扬手上的菜，目光落到陈若鱼光着的脚上。

“不用。”陈若鱼故作淡定，两只脚不自觉地互相踩着。

“我昨天没注意手机消息，你真的不租我了？”

“嗯，你也不缺我这笔租金，不是还有别的老板吗？”某人试图掩饰自己满是醋味的语气。

楚晏皱了皱眉头，不知道她在说些什么。

“还装傻，就那个白富美。”陈若鱼幽幽提醒，语气有些阴森。

“那是我姐。”楚晏失笑，终于知道她是在耍小脾气，拎着菜就要进去，却被一把拦住。

陈若鱼觉得现在简直丢脸丢到家了，她绷着脸试图挽回尊严：“跟我有什么关系，我不用你做菜，我没钱。”

“这是阿姨发我的红包，我想转给你但是你把我删了，我就买菜过来——”他已经用惯了这套说辞。

可是话还没说完，菜就被某人羞愤地抢走，一时脑热凶巴巴地喊道：“那你把菜给我就行。”

“其实我还挺便宜的……”

“啪”的一声，门已经被关上了，楚晏摸了摸鼻子，喃喃说出后半句，“倒贴钱也行。”

06

楚晏初见陈若鱼的时候，是文理分科后第一次摸底考试，她坐在自己前面。

考试的座位是按照成绩排的，楚晏在第二，没有想到第一竟然是个扎着马尾的女生。

她做题很快，做完之后因为不能提前交卷，一手撑着脑袋一手转笔，笔杆在指尖潇洒转动，漂亮而利落。

再后来，他经常看见那个叫陈若鱼的名字，大大小小的比赛上，各种活动上。他开始有些好奇，为什么这个女孩子参加这么多课外活动成绩还能这么好？

直到辩论赛上第一次正面遇见，她在反方，口齿伶俐话语犀利，像颗会发光的星，很是耀眼，让人不自觉就把目光移到她身上。

从那之后，楚晏很多活动都会参加，很多比赛都会报名。

他们时而是搭档，时而是对手。

可是楚晏发现一个很严重的问题，那就是陈若鱼根本记不住他。在大一的运动会结束后一个月，他又偶遇了她，跟她打招呼时陈若鱼一脸蒙，对他毫无印象，场面一度十分尴尬。

有人说少年一瞬动心就永远动心，他本来已经放弃，想将这份心动永远埋在心底，直到那天突然被一只手拽走。

他们成了另外一种合作关系。

他陪着她演戏给陈妈看，演给高中同学看，演给同事看。他们配合默契，一如从前。

有人说，演戏多了，就会入戏走心。

但是其实，从第一次开始，他就已将自己当作戏中人。

07

关上门的陈若鱼恨不得抽自己两嘴巴子，这好胜心害死人，为什么要把人赶走啊！

其实一直到刚刚她酸溜溜地说起那个姑娘的时候，她已经意识到自己喜欢楚晏了，只是一时嘴硬。

陈若鱼陷入深刻的自我反省中。脑子短路了一分钟不到，她踩了拖鞋就准备冲下楼去。

颜值这么高的男朋友哪里找？上得厅堂下得厨房的男人跑了，啥时候能再遇见一个做菜合胃口的？合作这么默契的“男朋友”哪里找？俗话说人还是旧的好！她向来心里想的什么就去做什么，所以，抓住时机！冲！

“喂！”

神情有些颓然的楚晏被叫住，一转头就看见穿着睡衣头发乱糟糟的陈若鱼。

“你这次能打几折啊？”陈若鱼向他喊话。

他们隔着十几米的距离，楚晏一笑，慢慢往回走：“看你租多久了。”

陈若鱼喘着气，手撑着膝盖抬头看着他：“想长租，可是我没太多钱了。”

“没事儿，我倒贴也行。”

他走到她面前，给了陈若鱼一个大大的拥抱。

拥抱自己过了那么久依旧热忱的心，拥抱终于等到这傻子开窍的感动，庆幸于陈若鱼是那么明媚的人，能够主动跑下来找他。

被困在楚晏怀里的陈若鱼嘻嘻一笑：“说好的倒贴，那我要去签个合同，免得你赖账。”

“去民政局签？”

楚晏突然变得嘴贫，被某人结结实实地拧了一下，痛得松开手。

陈若鱼皱着眉头忽然想到一个严峻的问题：“你那些老板怎么办？”

“我把工作辞了，以后只租给你一个人。”

楚晏拉过她的手，十指相扣。

“这还差不多，”陈若鱼满意地点点头，忽然露出狡黠的笑意，“那个，你重新工作的第一个任务，先把菜做了呗，我饿了。”

这次租赁的期限很长，大概是天长地久。

END

# 霸道总裁：我的彪悍警察女友

文/吃鱼的栗子

致力于为人民服务，和谐社会每一天，微博@佛系产粮

01

沈梦穿着一身破破烂烂的衣服，脸上布满脏兮兮的污渍，头发一撮一撮的，又油又脏，发梢蜷曲着，随意地散落在后脑勺。

她用手扒拉了几下头发，岔开双腿毫无形象地蹲在公安局门口。

原本只是因为太热所以沈梦把头上的草帽反着放在了身前的空地上，结果空荡荡的帽兜里突然从天而降几张百元大钞。

沈梦皱眉，不满地抬头望去，只看到一个好看的男人背光而立，皱着的眉头显示出他正在极力隐忍着什么。

“你身上的臭味都蔓延到几条街外了，赶紧买套干净的衣服去澡堂洗个澡。在公安局门口乞讨，我估计你脑子也不灵光，记得接受警察的教化，指不定还能重新做个人。”

沈梦眯着眼，本来人在熊熊烈日下就格外烦躁了，这么几句话更是激得她的火气从脚心“噌噌”冒上了头顶，刚想反驳，眼前的男人

却踩着皮鞋，头也不回地走了。

“沈队。”一道男声从身后传来，带了点小心翼翼。

沈梦对着男人的背影翻了好几个白眼，然后缓缓站起身，拍了拍身上的灰尘，转过身盯着正在憋笑的蔡雀，扯了一抹冷笑：“好笑吗？那下次换你去深山老林里待个半年吧。”

蔡雀冷汗直冒，赶紧立正敬礼：“沈队辛苦了！”

“东西。”沈梦伸手。

蔡雀把手中提着的小包递了过去：“晓霞前辈把您的干净衣物都收拾好了，罗处让您休息好了就去他办公室。”

沈梦刚从洗澡间出来，发现周围的人看着她的眼神都躲躲闪闪的，甚至不少人掩嘴而笑，她就知道蔡雀那个大嘴巴肯定把刚在门口发生的事添油加醋宣传了一番。

消息标题估摸着是——

《惊！沈队结束任务欲回归部队，怎料身无分文无奈乞讨为生》

沈梦冷着一张脸把四周的人扫了一圈，把脏衣服扔进了旁边的大垃圾桶里，迈着大步往前走去。

十米之外的蔡雀刚和她四目相对，就一溜烟地跑掉了。

沈梦暗自想着怎么折腾蔡雀，迎面走来的阮非就一脸戏谑地说：“哟，这不是我们沈大队长嘛！讨够路费回来了？”

“滚一边去。”沈梦啐了他一口。

“我这是奉命来迎接我们沈队，罗处正在办公室念叨您呢，这不，等不及了，非让我在洗澡间门口等着。”阮非一脸笑嘻嘻。

沈梦脚步一顿，戒备地看着阮非："是不是又给我安排什么奇奇怪怪的任务了？"

阮非一脸无辜："哪儿能呢？罗处准备给你放假呢。"

一进门，沈梦便受到了罗处的热情欢迎："喲，这不小沈嘛，坐！这些日子可真是辛苦你了……"

罗处不住地夸赞沈梦，什么"人民的好公仆""为国不惜深入险境""巾帼大英雄"，足足夸了半个小时。

临近结尾，沈梦都准备好起身走了，却听罗处话锋一转："小沈啊，你都辛苦半年了，是该放你个长假了。"

沈梦心一跳，总觉得大事不妙下意识拒绝道："不用了，为人民服务是应该的，不需要放长假。"

"哦？"罗处扶了扶眼镜，笑眯眯，"那正好，这里有个任务，确实也只能你出。"

沈梦："……罗处，说好的放假呢？"

罗处把文件夹推到她面前，一副和蔼可亲的样子："这任务和放假差不多，你当放假就好了。小阮会配合你的，具体细节你可以问他。"

她转头瞥了一眼坐得笔直端正的阮非，对方感受到她的视线，立马露出了一副人畜无害的可怜模样。

沈梦在心里对着他来了个素质十八连。

回到办公室，沈梦跷着二郎腿，低着头看文件。

旁边的阮非一脸讨好："小梦，不是我不想执行任务，你知道，我媳妇快生了……"

沈梦一脸冷漠："我不知道。"

纵使被无情对待，阮非还是坚强地说完了后半句话："……而且整个局里论头脑、格斗、狠劲，就数你最厉害。"

"哦。"沈梦面无表情。

阮非局促开口："梦梦啊……"

沈梦抬头，看着眼前的人皮笑肉不笑，抽出夹在文件夹里的那张照片，双指夹着伸到他面前："知道他是谁不？"

阮非往后靠了靠："我看得到，不用凑那么近……秦然，三十三岁，睿丰金融公司 CEO，身价过亿，钱多还帅……文件里不都写着嘛。"

沈梦将照片重新放了回去，右侧嘴角往上扬了扬，嗤笑了一声："蔡雀这次又给小道消息起了个什么名字？"

为了自身安全，出卖同事是必须的，阮非掏出了手机递给她："你自己看。"

蔡雀作为一名刚入职没多久的小警员，最大的梦想是出一本关于警局轶事的书。从入职到现在，落在他手中的苦命男女主不下百个，所有消息都发布在他建立的群里。

经常作为主角出现在故事里的沈梦，很不幸地被排除在群外。

笔名"蔡大公子"的群主两小时前在群里发布的最新消息——沈氏警官落魄现身警局门口被施舍数张百元大钞，是道德的沦丧还是人性的扭曲？

沈梦低头瞥了一眼，露出了阴恻恻的笑，一口白牙顿显阴森可怖："很好，给我等着。"

她把手机还给了阮非，扯了扯嘴角："这个秦然，就是扔给我一万块钱的'施主'。"

阮非接过手机的手停在了半空中。

尴尬了，这下可闹大了。

02

"叮咚叮咚"的门铃声接连不断地响起，秦然皱了皱眉，刚洗完澡围上浴巾就听到扰人的门铃声。

他一边向门口走去一边用毛巾擦了擦还在滴水的头发，水珠顺着肌肉的纹理淌过结实有力的腹肌，最后没进了浴巾。

大门旁边的电子显示器上，一个年轻的女人正眼巴巴地看着摄像头。

秦然打开了门的一小条缝，冷声问道："谁？"

女人抛了个媚眼，风情万种地扭着腰，捏着嗓子道："先生，需要什么额外服务吗？"

秦然"啪"的一声把门关上了。

神经病。

就在他准备打电话给物业报告这个情况的时候，门铃声再度响了起来。

他看了眼电子显示屏，不仅有刚刚那个女人，还多了个男人。这个男人他有印象，是今天白天见过面的阮警官。

秦然重新把门打开，透过门缝看了一眼门外的人："阮警官？"

阮非歉然地笑了笑："抱歉，这么晚打扰秦先生，我们已经安排好人手过来了。"

确定了没有危险后，秦然把门上的铁链子给解了下来。

见秦然卸下了防备，阮非便急着离开这是非之地："秦先生，这就是派来保护你的沈梦，这些日子她将和你寸步不离，若有情况可以随时联系我们。"

秦然上上下下打量了一下浓妆艳抹的沈梦，露出鄙视的表情："我不需要陪酒女。"

说罢作势要关门。

阮非脊椎骨都在冒冷汗。

"咚"的一声巨响，沈梦手肘抵在门上，双眼冒火，咬着牙一字一顿地说："那可真是抱歉了，委屈秦先生这段日子要和既是乞丐又是陪酒女的我共处一室了。"

阮非见状扭头便冲到电梯旁按下按钮，怕跑得不够及时被伤及无辜。

把门狠狠地撞开，绕过了眼前的男人，沈梦把高跟鞋随便一踢，赤着脚走进了屋子。

看着被甩得东倒西歪的高跟鞋，秦然皱了皱眉。

仿佛才想到什么，她转过身冲着秦然甜甜一笑，友好地伸出了右手："秦先生，请多指教。"

秦然盯着那只手，淡漠地说了一句："手脏，别碰我。"

秦然的家很大，却空空荡荡的，装修是黑白色的简约风，就像房主的内心，毫无色彩可言。

和秦然相处了几天，沈梦觉得他资料上的“洁癖”两字简直是太温和了。这人不是洁癖，是变态。

这几日为保险起见秦然都没有出门，可窝在家里他也没闲着，每天都在大扫除。

地板一天一拖，家具一天一擦，所有东西摆放得整整齐齐。

饭他做，碗他洗，所有家务都由秦然包揽，沈梦等同于一个废人。

当然自己的衣服还得自己洗就是，不过除开贴身衣服的部分，秦然还算比较大方地给她贡献了一台洗衣机。

“沈废人”对整个家毫无贡献，自然是要遭到谴责的。

“沈大队长，麻烦您看电视时不要吃零食，如果要吃，请不要跟出生没多久的婴儿一样漏嘴，丢人。”

秦然后来收到关于沈梦的资料，上面全是她的个人功绩，拿过的奖晃得人眼睛疼。因此秦然才一忍再忍没有报警让人把她给拖回局里去。

“哦。”沈梦“咔啦咔啦”吃着薯片，碎渣随着手中的动作又掉在了地上。

她还记恨着秦然第一次见面把她当乞丐，第二次见面把她当陪酒女呢。憋了一肚子气还得保护他，一想到这沈梦就觉得心中的火焰久久不能熄灭。

秦然看着地上又堆满了食物碎渣，终究是忍受不了脏乱，用水沾湿了纸巾把碎渣拾了起来，去厕所拿来拖把又拖了一遍。

“你，给我去厨房蹲在垃圾桶前面吃。”

被高大的人影挡住了电视画面，原本侧躺着的沈梦抬头瞥了一眼盛怒中的男人，拿起薯片袋赤着脚走向厨房，一边走一边吃，薯片渣子沿路掉了一地。

“沈，梦！”身后是男人濒临爆发的声音。

03

该出席的宴会场合还是要露面的。

窝在家里快生锈的沈梦觉得自己总算解放了。

警局对这次宴会非常重视，前几次秦总裁遭人谋害还没找出嫌犯，这次出席宴会，对方必定不会错过这么好的时机。

除了作为女伴陪在秦然身边的沈梦，警局还加派了好些人手混在宴会中。

沈梦早就定制好了一套晚礼服，裁剪得当，把腰线完美地勾勒出来。

把车停在了地下车库，秦然冷着一张脸看着沈梦：“把手套戴上，我的西装容不得脏。”

沈梦翻了个白眼，却还是把秦然千叮万嘱带在身上的手套戴上了。

洁癖是病，得治。

五星级酒店里打着暖光，沁人心脾的香味散发在宴会厅各处。

宴会厅里觥筹交错，参会的人聚在一起，言笑晏晏。

秦然领着沈梦出现在了大厅里。

经过这几天的相处，秦然觉得沈梦根本算不上一个女人，除了性别是女的，其他的言行举止跟个男的毫无差别。

“你跟着我，别乱跑，”秦然放心不下，就怕这人等下看到吃的就毫无形象地抓着食物开吃，“饿了跟我说，我陪你。”

沈梦这人没什么爱好，就喜欢吃。

沈梦挽着他的胳膊，露出了恰到好处的微笑：“放心，就算你现在想甩开我都甩不掉。”

一些和秦然熟识的业界人士纷纷举着杯走了过来：“秦总，第一次带女伴，可真是稀奇了。”

秦然遭受袭击的事被压了下去，一般人是不知道的。

秦然举起酒杯碰了碰，转移了话题：“听说陈总最近把林总的人给挖过去了……”

沈梦挽着秦然的胳膊，巧笑倩兮，眉目流转。乖巧可人的模样吸引了不少人，原本来的人只是和秦然套近乎，后来的人基本上是来打探沈梦的。

“秦然……”软糯的声音从身旁传进了他的耳朵，酥酥麻麻，竟刺得他心头一震。

“嗯？”他不自觉压低了声音，将头朝她侧了侧。

沈梦有些扭捏，不大不小的声音让周围的人正好听见了：“那边的糕点……似乎很好吃……”

秦然笑了笑，和周围的人歉然一笑：“抱歉，失陪一下。”

说罢领着沈梦往餐桌走去。

“A点正常。”

“B点正常。”

微型耳麦里不断传来各种消息，沈梦不需要应付这些商业大佬，除了偶尔笑一笑，她都在观察周围的动静。

为了不显得失态，她已经尽可能慢地挑拣食物了。

看着沈梦盘子里的肥肉，秦然冷不丁地开口讽了一句："小心等下礼服开裂。"

沈梦皮笑肉不笑："身材好，不怕看。"

沈梦一边和秦然聊天，一边状似不经意地打量周围："你有没有怀疑的对象？"

"太多了。"不像沈梦专挑肉吃，秦然盘子里全是沙拉。

"秦先生树敌这么多怕是不怕死吧？"

"怕啊，"秦然笑了笑，"不然沈队长现在为什么要在这呢？"

迎面走来一个服务生，礼貌地开口："先生，请问是否需要加酒？"

秦然点了点头，把放在桌上的酒杯递了过去。

然而服务生没拿稳，酒洒落到了秦然的衣袖上，秦然皱了皱眉，正准备出言训斥，却被一双强而有力的手臂抓住摔到了地上。

沈梦将他扑倒在地。

"沈梦！"秦然惊得大叫。

腿上火辣辣的疼，沈梦强忍着疼痛汇报着情况："年约二十岁的服务生，右脸颊上有一颗痣，单眼皮，其他的我没来得及仔细看……"

洁白的礼服被划开了一道口子，染上了刺目的红。

秦然手足无措，纵使他是叱咤金融界的顶尖人士，面对危情也只是一个普通人。

"沈梦，你没事吧……"抖着嗓音，他不知道手该往哪放，危急关头，秦然无助得像个孩子。

沈梦伸手指了指，咬着牙强笑："帮我按着伤口，小伤，不碍事。"

双手颤抖着，秦然抿唇死死按住伤处。

这种情况沈梦也不忘调侃："秦大洁癖，现在不怕脏啦？"

## 04

沈梦被送去了医院，留院观察了几天就被放了出来，重新送回了秦然家。

被强制要求待在家的秦然重新看到沈梦，终于松了口气。

这几天阮非和蔡雀轮流保护秦然，然而阮非要陪老婆，苦了蔡雀几乎二十四小时待在秦然家。面对着"洁癖形象大使"秦然，蔡雀巴不得给自己套个人型塑料膜，这样就不会被各种无情地嫌弃了。

秦然嫌他衣服脏，不让他用洗衣机，蔡雀泪流满面，用肥皂狠狠搓着自己的牛仔裤，委屈地唱着《小白菜》。

每天面对黑着一张脸的秦然，蔡雀心灵受到了重创，破例给自己写了一篇自传——《蔡大公子身困险境自力更生洗衣做饭，面对恶势力绝不屈服》。

在看到沈梦的一瞬间，蔡雀差点扑过去号啕大哭。

秦然拽着他的衣领，把他扔到了一边。上上下下左左右右把沈梦打量了一遍，冷着脸，哑着嗓，关心的话堵在嗓子眼里，出口的话却带讽刺："居然还活着，可真让人吃惊。"

"让你失望了真抱歉，"早就习惯了他的冷言冷语，沈梦朝蔡雀招了招手："扶我一下。"

还没等蔡雀蹦跶着过去，秦然已经扶住了她："回房间躺着。"

沈梦抬头看了他一眼，没吱声，任由秦然把自己扶到了卧室。

因为沈梦还带着伤，所以蔡雀还留在秦然家，现在他不仅要保护秦然，还得照顾沈梦。

上头确实下了这么个指令，可沈大队长根本不需要他照顾，毕竟秦然简直无微不至。

蔡雀觉得自己似乎是一颗5000瓦的电灯泡，每天都在散发光和热。

第一次觉得不对劲的时候，是他拿着洗好的衣服去阳台，撞见了正在晾衣服的秦然。

他以5.2的绝佳视力担保，当时秦然手里拿着的，绝对是女性内衣。

蔡雀露出了尴尬而不失礼貌的微笑："秦总，这么巧，晾衣服啊？"

秦然瞥了他一眼："衣架衣叉在这，自己拿。"

完全没有被撞见拿着女性内衣的尴尬，淡定得仿佛拿着的是自己的衣服。

晾衣服不是重点，重点是，洁癖秦先生竟然帮别人洗衣服！还是内衣！

在男人堆里闯出大魔头称号的沈梦自然对这种细节不会太在意，但是秦然的话……

看了看自己卖力搓洗的衣服，蔡雀默默流泪。

第二次是在厨房。

蔡雀饿得不行，想去翻一下冰箱看能不能找些东西解馋，刚走到厨房门口，就听到里面传来的声音。

“要辣，特别辣。”这是他们沈大队长的声音。

“嗯。”秦总淡淡地给予了一个单音节回应。

“超级辣的那种，你怎么还不放辣椒？”沈梦的声音里透着不满。

“你的伤口还没好，吃什么辣椒，给你做了清淡的，吃完冰箱里有雪糕，自己喜欢什么口味拿什么。”

在厨房门外的蔡雀瑟瑟发抖。

想当初沈大队长不在的日子，每天吃饭，他都得自力更生，秦然从来不会把他那份一起做了。可怜他五谷不分，深谙黑暗料理，每天只能在冰箱里找水果充饥。

幸好还有速食小馒头，不然他觉得他可能是有史以来第一个因为饥饿殉职的警察。

直到沈梦回来，看在沈大队长的面子上，一日三餐总算有他蔡雀一份了。

现在不是中饭也不是晚饭时间，秦总是给他们沈大队长……加餐吗？

至于第三次，蔡雀觉得，他宁愿自己瞎了。

秦然不能出门，沈梦有伤在身，只能把他打发出去买菜。

他哼着小曲，提着买回来的新鲜蔬菜，用备用钥匙把门打开，却看到秦然把在客厅看电视看到睡着的沈梦打横抱了起来。

这个抱，俗称公主抱。

蔡雀默默把门重新关上了。

05

沈梦靠在沙发上玩着手机游戏，长腿放在秦然的大腿上，后者正认真地给她拆绷带换药。

这段时间天天给沈梦换药，秦然的动作已然十分熟练。

尽管这样的场景每天都会上演，蔡雀还是分神瞥了一眼，就这么一眼就被沈梦吼回了神志："蔡雀，晃什么神呢？我被对方打野单杀了，没见我残血吗？"

蔡雀嘟囔了一句："没血你还上……"

"嗯？"沈梦凌厉地看着他。

蔡雀缩了缩脑袋："我错了。"

本来拆换绷带药膏的任务是落在蔡雀身上的。秦然是出了名的洁癖，指望他是不可能的。

蔡雀也觉得没问题，毕竟是自己上级，这里也没别人，自己也学过急救知识，专业度没得说。

结果一张脸看不出表情的秦然开口了："我来。"

沈梦瞟了他一眼："不劳秦总大动干戈，脏了您的手可不好。"

"沈队以命相救，只是换个药，我没那么不懂感恩。"秦然眸色黯淡了下来。

沈梦想了想，觉得没毛病。

蔡雀深思熟虑之后，觉得问题可大了。

秦然是谁？尽管他和秦然不熟，但凭借多日来的观察，这人绝对不是什么"你对我有恩我就以身相许"的善主，绝对砸下一堆钱给恩人就两清了。

再加上洁癖这一点，和别人肌肤接触，在秦然眼里绝对是不可能的。

以往重要场合需要握手，秦然都随身携带免洗消毒液，下了场之后完全不顾及别人的想法及感受，先把手擦干净再说。

要是秦然对他们沈队长没半点意思，他蔡大公子从此封笔再也不写故事。

纱布重新包扎好了，游戏也结束了，秦然提着药箱离开了，沈梦爬到沙发另一侧，看着双手护胸的蔡雀，认真而严肃地问："你老实告诉我，你最近又往群里面发了什么乱七八糟的东西？"

"没……没有啊……"蔡雀颤着声回答。

沈梦一脸慈爱地看着他："我不会怪你的。"

蔡雀险些尖叫，"咻"地站了起来，拔腿跑进自己房间，落下了锁。

沈梦翻开手机，阮非刚刚给她发了一条消息，贱兮兮地问了一句她最近是不是桃花开了。

她回了个问号。

对方甩了一张截图给她，是蔡大公子的最新力作——《霸道总裁：我的彪悍警察女友》第十三章。

"蔡雀改行写言情小说了？"沈梦飞快打字。

"是啊，挺刺激的，这本小说风靡整个警察局，现在大家每天都等着蔡雀更新，想看吗？"

"我说想你就会给我看吗？"

"不。"

秦然重新回到客厅，却没见蔡雀的身影："蔡雀呢？"

沈梦头都没抬："为了保住自己的性命把自己锁在房间里了。"

秦然也没多问，挨着她坐了下来。

沈梦打开了淘宝，把各式各样的家居饰品放进了购物车。

"你家太单调了。"她一边把东西加进购物车一边对旁边的人说。

"嗯。"

店家效率特别高，物流也特别给力，下单第二天东西就到了。

"叮叮咚咚"的声音响了一天，快递员不断把货送来，门口堆了一堆包装盒、塑料薄膜、纸盒等垃圾。

作为洁癖本癖的秦然，眉头都没皱一下。

蔡雀缩在屏风后面，许久没等来秦然的怒吼与责骂，反而看到两人动手把包装盒拆了，氛围十分和谐美满。

"愣着干什么，还不过来帮忙？"看到了探头探脑的蔡雀，沈梦开口把他喊过来。

经过三人三天的努力，秦然的屋子可谓是焕然一新。

原本只有单调的黑白色，现在五颜六色透着生机。

"放心，离开的时候我会全部带走的。"沈梦满意地欣赏着自己挑选的东西。

秦然没有回应。

沈梦以为他生气了，简单解释了一下："你看，没能确保你安全之前我就得一直住着，大家这么熟了，你住得舒服我也住得舒服，你好我好蔡雀自然也很好。"

蔡雀感动地抽了抽鼻子，他家领导还记着他。

沈梦不知道秦然在生什么气，可蔡雀知道。当局者迷，旁观者清，他每天仔仔细细观察两人的互动，秦总是因为沈队之后的离开而生闷气。

可怜他家沈队情窦尚未开，情商也低得可以。

可是这样他的小说才能继续写下去呀，嘻嘻嘻。

沈梦拍了他脑门一巴掌：“笑什么？恶心吧啦的。”

蔡雀很难受，很想哭，每天都在男女主的欺压下艰难地生存。

06

吃饱喝足，腿伤也好得差不多的沈梦决定去散步。

秦然一脸不同意，蔡雀也不太乐意，让他和秦然单独待在一起多尴尬。

“不能出门的不是我，别拦我，再窝在家里我脑壳都要炸了。”无视两个人阻拦的目光，沈梦迈出了大门。

刚走进电梯，沈梦便看到一个戴着鸭舌帽的男人。男人把帽檐压得很低，没戴口罩，右脸颊上有一颗痣。

沈梦哂笑，这么巧。

“小哥哥，新来的？我电话，随时可以打给我哦。”沈梦从口袋里掏出一张名片，抛了个媚眼和飞吻。

男人看了一眼名片，又看了一眼她。

沈梦很美，美得让人心悸。

刚进警队便荣获“警队一枝花”的称号，可随着训练中她展现出的狠辣，大家再也不敢说她是娇弱的小花了，分明是凶兽。

随着职位的升迁，被众人封上顶级称号——蛇蝎美人大魔王。

看着沈梦按了负一楼地库按钮，男人也默默地站在电梯里一起下去了。

等到了负一楼，沈梦主动地伸手环住男人的脖颈，然后狠狠一抬腿，膝关节狠狠撞上了男人的腹部。

“啊！”伴随着男人的一声凄厉惨叫，沈梦一拳直接把他给打晕过去了。

掏出手机，她找到阮非的电话，揉了揉太阳穴：“喂，阿非，过来秦然家地下车库，多叫一些人，车牌号……”

等比对了宴会上的监控摄像，确定了被捕的就是那个服务生。沈梦扯了一抹冷笑，凶神恶煞地看着嫌疑人李二，开始大刀阔斧进行审问：“害我被划了一刀的人，是你对吧？”

“不……”沈梦“啪”的一下把文件夹重重拍在了桌上，吓得李二瞬间改口，“是……是我。”

“谁指使你的？”沈梦的眼睛如鹰般锐利，盯得李二头皮发麻。

李二欲哭无泪，抽抽搭搭道：“我不认识啊，有个人打电话让我按照他说的做，只要做了就有一万元。”

“这次让你做什么？”

李二瞅了瞅沈梦，被一记狠瞪吓得重新低下了头，委屈巴巴：“本来让我在 3103 门口放一个东西，电梯门一开你就进来了……”

“东西？”

沈梦和阮非互相交换了一下眼神，阮非留在这里继续监视李二，沈梦匆匆走出了审讯室：“李二随身携带的包裹呢？”

同事把东西递了过去：“刚想跟你说，刚刚从他的包里翻出了这个东西。”

那是一个陈旧得泛黄的信封，封口已经被拆开，里面是一沓照片，不仅有秦然近期照片，还掺杂着一些小男孩和少年的照片。

“这些是？”沈梦皱了皱眉。

“年轻时候的秦然。”

沈梦刚打开秦然家的门，就听到蔡雀委屈无助的声音：“秦总，我真不知道啊！我跟你一样待在家，我啥都不知道啊！”

关门声成功引起了客厅两人的注意，蔡雀看到沈梦跟看到救星似的，扑过来抱大腿：“沈队，快跟秦总解释！阮哥把我害惨了。”

嗷嗷嚎了两嗓子，蔡雀就被沈梦踹开了。

秦然的脸色不太好，目光一直黏在沈梦身上，仿佛要把她的身体看穿两个大窟窿。

现在的他心情特别不好，刚收到阮非消息的时候，他简直怒到杀人的心都有了。

看热闹不嫌事情大的阮非不负责任地只发了几个字：“找到小梦的时候，她正和一个准备脱裤子的男人待在一起。”

要不是蔡雀死命拦着，秦然早就去警局暴打李二了。

好在，她还是回来了，看起来毫发无损。

“秦然？”沈梦见眼前的人只是静静看着她，一言不发，她忍不住开口问道。

“……你没事吧？”秦然声音有些沙哑。他怕问出口的话会得到他不愿听到的回答。

即使蔡雀再三保证她好好的一点事都没有，可他还是不放心。

沈梦知道肯定是哪个八卦分子把刚才的事透露给秦然了：“没事，我好好的，什么事都没有。”

秦然总算是安心下来：“那就好……”

沈梦笑了笑，看着这样的秦然有些稀奇：“秦总，这么担心我？”

“是啊，你说，怎么办才好？”秦然抬头，看向沈梦的目光复杂。

07

趁着秦然去洗澡的空档，沈梦把蔡雀拉进了房间里。

“沈队，你要做什么？”蔡雀扭扭捏捏。

沈梦一屁股坐到了床中间，拍了拍床：“上来。”

蔡雀红了脸：“沈队，我还没做好心理准备。”

沈梦黑了一张脸：“给我滚上来，看照片。”

哦，看照片啊。

蔡雀悻悻然坐到了床沿，看着沈梦把图片一张张摆到了床上。照片是用相机重新拍下来打印出来的彩版。

“这都是谁啊？”秦然他认识，其他就认不出来了。

为了看得更清楚些，他从床沿爬到沈梦身边。

“都是秦然，”沈梦把图片全部摆了出来，“蔡大公子，以你言情天后的丰富想象力，用你的第六感脑补一下，什么人才会拍一个人从小到大的照片？”

蔡雀极力反驳：“我不是言情天后！我是时事新闻记者！”

沈梦狠狠往他头顶拍了下去：“你是警察，给我分析！”

“哦。”蔡雀揉了揉脑袋，皱巴着一张脸，不甘不愿地再次看向照片。

从照片的拍照角度可以看出来，全是偷拍，没有一张照片中秦然的视线是直视镜头的。

照片不多，却囊括了各种时段的。

蔡雀小声嘟囔：“爱得深沉才会拍这么多照片吧？”

“你觉得是谁？”

蔡雀小心翼翼地看着沈梦：“恋童癖？”

“用点脑子，恋童癖对成人不感兴趣。”本来是打算明天让秦然去警局一起探讨的，今天出了这些事，本不想让他过于焦心。现在他们干想也想不出个所以然来。

沈梦把蔡雀赶下床，一脸嫌弃：“你去洗澡。”

洗完澡出来的秦然看到客厅空空荡荡，正疑惑，却看到蔡雀从沈梦的房间走了出来。

蔡雀蹑手蹑脚关上了房门，转身就对上了用阴冷目光看向自己的秦然，赶紧举起双手：“我没有！我清白的！是沈队喊我进去的！”

沈梦听到敲门声，以为蔡雀想到了什么折了回来：“进来吧，门没锁。”

抬头看到是秦然的时候，已经来不及把满床的图片收起来了，那样反而欲盖弥彰。

“怎么是你？”沈梦淡淡一笑。

“我看到蔡雀刚出来。”秦然一步步走向她。

沈梦支着下巴：“本来不想让你那么快知道的，明天打算和你去警局一趟。”

秦然看着铺满整张床的图片，自觉地坐到了沈梦身侧，只有那一个地方没有放照片。

“刚刚蔡雀坐这？”秦然低着头问。

“嗯，”沈梦不明所以，“怎么了？对你有什么启发？”

秦然俯下脑袋，凑到了她的耳畔，磁性的嗓音传入了她的耳内，均匀的气息呼在了她的耳郭上，痒痒的、麻麻的，竟让她浑身一阵战栗。

一时之间，她竟忘了反抗。

“我知道这些照片是谁拍的。”

沈梦立马睁大了双眼，好奇地看着他：“谁？”

谁想一个吻轻轻落在她的唇上，温温的、柔柔的。

看着呆呆地看着自己的沈梦，莫名有些可爱，秦然没有回答问题，起了身，露出了一个心满意足的微笑：“晚安。”

从厕所出来的蔡雀正准备敲门让沈梦去洗澡，手指还没碰到门板，门就被打开了。

秦然神清气爽地走了出来，并且如沐春风般地和他道了晚安。

蔡雀觉得自己似乎错过了什么重要事情。

偷偷往屋内瞄了一眼，他发现自家队长用被子把自己裹得严严实实的，整个脑袋都塞了进去，活像个大粽子。

对不起，他让广大等更新的读者们失望了。

08

在沈梦的坚持下，由她开车去警局。秦然和她对峙了很久，最终还是妥协了，把车钥匙给了她："你小心些，毕竟第一次开。"

蔡雀坐在副驾，秦然坐在后座。

车里的气氛一度很尴尬。

蔡雀不知道昨晚两人发生了什么，导致现在他也很紧张，一双手不安地摩擦着。

为了缓解尴尬的气氛，和事佬蔡雀决定随便起一个话题："那个，沈队……"

刚开了个头，就被沈梦冷声打断了："枪在身上吗？"

蔡雀愣了一下才反应过来："在……"

因为这次面对的嫌犯危险性极高，所以上面特批他们携带枪支。

"你们两个给我扶稳了，"沈梦扬起一抹笑，兴致勃勃，语气中带了些雀跃，"秦然，有眼光，没买自动挡的车。"

"什么？啊——"还没反应过来的蔡雀，紧接着喊出了划破天际的尖叫声。

沈梦踩着油门，飞速换着挡位，在有红绿灯的十字交叉口上演了一场兰博基尼漂移秀。

"啊啊啊！"蔡雀惊恐地睁大眼睛，双手紧紧扶着车门的把手，怕一不小心自己就被甩飞出去。

秦然也没好到哪里去，白着一张脸握着把手，但他至少还分神看了眼正中间的后视镜，后面一辆黑色的轿车紧紧跟着他们。

“蔡雀！打电话回局里！”沈梦语气昂扬，脸上是遇上猎物时兴奋的神情。

“我！我腾不出手！”蔡雀害怕得不敢松手，就怕一松手自己的命就丢了。

“再不打我把你踹出去。”沈梦恶狠狠威胁。

生怕沈梦真把自己踹飞出去，蔡雀哆哆嗦嗦从裤袋里掏出手机，语带哭腔：“阮哥！救命啊！”

打完电话，蔡雀可怜巴巴地问她：“沈队，你要去哪儿？”

沈梦没有回答他，转而问秦然：“你不是说知道是谁拍的照片吗？这些照片本来应该昨晚放到你家门口，你是不是知道什么？”

原本被吓得一脸苍白的秦然此时开了口：“是我爸。”

蔚蓝的兰博基尼和漆黑的奥迪在高速路上竞速，旁边的车都被吓到了，纷纷避过这两辆亡命车。

“蔡雀。”

听到沈梦喊自己，蔡雀就知道没好事：“啊……啊？”

“你去把他们的车胎打爆。”沈梦稳着方向盘，沉着声道。

“如果我没记错，你的射靶成绩非常好。”

射靶和射车能一样啊！蔡雀在心中呐喊，他咬了咬牙，掏出手枪，摇下车窗，做着深呼吸。

“拿我的，我特地申请了一把。”

为了达到手枪的射程，沈梦故意放慢了速度，两辆车之间的距离被缩短了不少。

死就死吧！

蔡雀双手握住沈梦给他的手枪，将身子探出车外，照着前车轮“砰砰”就是两枪。

“咻！”一道刺耳的声音响起，黑色奥迪的右前胎漏了气，行驶轨迹偏离了方向，险些撞到旁边的栏杆。

“蔡雀，可以，回去奖励你一朵小红花。”沈梦止不住赞扬。

黑色奥迪已经没有能力追上来了，沈梦放下心来，放慢了车速。

她看着倒后镜中的秦然：“你说是你爸，怎么回事？你一早就知道了？”

“我不知道，如果你不给我看那些照片，我确实没想到会是我爸。”

秦然的父亲是入赘的。

他的外公创立了睿丰金融公司，可他的母亲从小体弱多病，也确实是在生下他没多久后就过世了。

他父亲本来就是贪图钱财，花言巧语把单纯的母亲骗了，外公拗不过自己心爱的女儿，只能让他们结婚。

至少在母亲还活着的时候，这个家是很幸福的。

母亲死后，遗产都由秦然继承，父亲得知自己半分都得不到就再也不想伪装了，外公厌恶他的丑恶嘴脸，给了他一笔钱把他打发到国外。

每到他的毕业典礼，他的父亲便例行公事一样从国外回来和他拍个照，一人一张，然后搭上飞机回去继续花天酒地。

自从外公的死讯在上半年公布后，他就不断受到各种袭击。

他本来并没有往父亲身上想，他知道他的父亲从来不爱他，只爱钱，却没想到爱成这样。

真讽刺，想杀他的人，竟是他的父亲。

09

初步锁定了犯罪嫌疑人，根据现有的线索，警方也有了新的方向。

秦然面无表情录完口供，又恢复成沈梦初见他时的模样，不易近人、疏离冷漠，仿佛全世界都和他无关。

录完口供后，秦然便离开了。

拿着车钥匙的沈梦自然跟了上去。

蔡雀为了小说的更新，决定“舍生取义”偷偷摸上了车。

然而，蔡雀觉得自己跟来的决定是错误的，这两人之间别说暧昧气氛了，那股子寒气他都能感受到。

三人一路无言，车子慢慢悠悠开到了小区停车场。

蔡雀迅速打开车门，一个箭步冲到了电梯口，开门迅速摸进卧室，这种时候明哲保身最重要，不要被怒火波及。

秦然和沈梦都觉得累了一天，洗个澡会舒服些。一个在主卧的卫生间，一个在公共的卫生间。

秦然作为洁癖本癖，坚决不和别人共用一个卫生间。

沈梦洗好澡出来的时候，看见秦然坐在沙发上挑眉看着她：“来一杯？”

“随便。”

洋酒一杯杯下肚，秦然的话也比平时多了些。

到最后，从他嘴里吐出的字只有两个。

“沈梦。”

“嗯？”

“沈梦。”

“嗯。”

“沈梦。”

“我在。”

沈梦不敢喝多，被保护对象一杯接着一杯喝得毫无节制。

秦然的脸上浮现红晕，一双醉眼迷离，本就好看的一张脸更显魅惑诱人。

他歪着脑袋，冲着沈梦笑了笑：“沈梦。”

“你喝多了。”沈梦拿过他手中已经空了的酒杯。

秦然附和着点头：“我醉了。”

“沈梦。”秦然甜甜一笑，像是一个天真的孩童。

沈梦蓦地想起那晚秦然近在咫尺的脸，他呼在耳边的灼热气息，还有令人心颤的亲吻。

她撇过头，起身把空了的酒杯放在桌上，才刚起身，就被人从身后环住了。

“沈梦！”

男人的声音略微颤抖，像是受惊的小鹿，稍微风吹草动便会被吓到。

沈梦叹了口气，她也没想到秦然喝醉了竟是这副模样：“我在。”

沈梦微微叹息：“秦然？”

“嗯？”带着鼻音的男声响起。

“酒后乱性是不好的。”

秦然把脑袋埋在了她的颈窝处，不情愿地应了声：“哦。”

清晨的光透过窗户洒在了屋内，暖暖的。

沈梦睫毛颤了颤，缓缓睁开了双眼，却看到一张带笑的脸正对着自己，那笑透着慵懒，还带了丝丝性感，竟让她移不开视线。

仅存的一丝瞌睡都被吓跑了，沈梦睁大了双眸，一脸不敢置信：“你怎么在这？”

“你忘了吗？”秦然好心地提醒她，“昨晚我们同床共枕了。”

“……你的洁癖呢？”

秦然认真思考了一下：“大概是被你吃了吧。”

翻了个白眼，她准备起身下床，却被秦然趁机在她的脸上落下一个浅吻。

“放心，我刷牙了。”

“……起开！”刷牙是重点吗！

秦然盯着眼神左右躲闪的沈梦，弯唇：“沈梦，你脸红了。”

“闭嘴！”

这人完全没有宿醉的现象，她根本就是被骗了，这人酒量好得很，昨晚根本就是借酒装疯揩了她的油。

她现在万分庆幸，幸好昨晚自己没喝多，不然绝对被吃得骨头渣子都不剩。

两人从房里出来的时候，蔡雀正津津有味地吃着外卖。

啃着鸡翅的蔡雀眼巴巴地看着从同一间卧室走出来的两人，很识相地低下了头，假装什么都没看见。

“就知道点自己的份，我们的呢？”沈梦一脸“你可真是小气又没眼力见”的嫌弃模样看着他。

蔡雀在心里咆哮。

谁知道你俩要吃啥啊！这都一间屋子出来了指不定你俩还搂着睡到昏天暗日呢！

即使内心咆哮万分，蔡雀脸上还是一副“我错了、我惭愧”的可怜模样：“我下次会记得的。”

吃饱的蔡雀又被吩咐出去买早餐顺便买菜回来。寄人篱下且屈于沈梦淫威，蔡雀只能乖乖听话。

提着早餐和新鲜的蔬菜鲜肉，蔡雀刚出电梯口就觉得有些不对劲。

小心翼翼把手中的袋子放了下来，轻手轻脚沿着墙壁边缘走，在拐角处停顿了几秒，而后一个闪身把等在那手持棍棒的男人撂倒了。

被反手置于地上的男人一脸不敢置信：“你不是很弱吗？”

趁着没人看见，蔡雀在摄像头下肆无忌惮地抽打着男人的后背，一边打一边骂骂咧咧：“谁弱呢！说谁弱呢！就你厉害！你全家都弱！”

听到动静的沈梦打开了门，一开门就看到蔡雀不断地在抽打一个男人。

秦然也跟了出来，看了一眼，神情微怔，不确定地喊了一句："爸？"

蔡雀停下了抽打的动作，颤颤巍巍地转头看向秦然。

陈景被按在凳子上五花大绑，与椅子完美地合为一体。

蔡雀给阮非打了个电话，异常兴奋地表扬着自己："阮哥！是我抓到的哦！是我！"

沈梦一副恶霸头头的模样瞪着陈景，把一个五十岁的男人硬生生瞪得落下了恐惧的眼泪，秦然面无表情地坐在沙发上玩手机，根本没舍得施舍半点的眼神给自己的父亲。

"说！把自己干的勾当都坦白干净，我逼你的话可就没那么简单了。"沈梦拿着擀面棍敲着绑着陈景的椅子腿，活像一个不务正业的街头混混。

棍子只是碰到凳腿，都没碰到自己身上，陈景就"哇"地哭了出来，把三人吓了一跳，接着他抽抽噎噎，一边啜泣一边把事情原委说了出来。

陈景去国外认识了一些狐朋狗友，一直给他洗脑，说明明他也是家里的一员，就算是入赘他也是儿子的亲爸爸，凭什么他不能继承遗产？

有人给他出谋划策，想了一堆歪点子。一开始陈景也犯了难，毕竟是自己儿子，可被洗脑得多了，陈景的恨也深了。他们几个人谋划着方案，有人认识陈景老家当地的地痞流氓，回国就这么开干了。

前几次都失败了，最终也被警方发现了踪迹，狐朋狗友跑的跑，逃的逃，抛下他一个。

眼见没办法了，横竖都得死，他在小区周围蹲了好几天，终于把看起来就很弱的蔡雀等出了门。小伙瘦不拉几的，一看就没点力气，肯定一棍子就给敲晕了，这样就能绑来威胁。

结果——

“他不是很弱吗！怎么能一下子把我放倒呢？我不是很服气……”说到最后陈景的语气有些哀怨。

蔡雀“噌”地站了起来，指着他鼻子破口大骂：“你才很弱呢！”

蔡雀咽了咽口水，小心地觑了秦然一眼，后者依旧看着手机，似乎周围的一切与他无关。

沈梦不知道该心疼蔡雀还是该心疼陈景的智商：“蔡雀虽然胆子小了点、怕死了点、脑子不太灵活，但体能、格斗方面确实是优等生中的尖子生。”

听完这话，连一直低着头看手机的秦然都忍不住抬头看过去，一脸不敢相信。

蔡雀被看得有些不好意思，伸手挠了挠后脑勺，忘记了应该骄傲地挺胸抬头。

“明明是个铁铮铮的男子汉，为人民服务的人民警察，偏偏最大的愿望是当个言情小说家，专门写些儿女情长的东西。”

蔡雀骄傲了没几秒又蔫了，沈队，这种事就不要对着外人说成吗？

陈景企图打亲情牌：“小然……我是被人下了迷药，这才做出这些不入流的事……”

秦然理都不理，问着沈梦：“阮警官什么时候到？”

10

阮非带着一队人没多久就到了，秦然也跟着一起去了警局。

睿丰 CEO 遭袭一事总算告一段落。

蔡雀看着和自己同事沟通的秦然，一脸惆怅。

阮非走来敲了一下他的脑袋："你咋了？看上秦然了？"

蔡雀愤愤道："眼见我的处女作已经进入高潮阶段，怎么就……结束了呢？"

蔡雀在半小时内叹了一百八十三口气。

谈完话的秦然看到了百无聊赖等在门口的沈梦。

"钥匙。"沈梦伸出手，把车钥匙递给他。

"沈队长不应该把我安全送回去吗？"秦然看着她，目光灼灼。

沈梦耸了耸肩："任务结束了，我的工作到此结束。"

正巧罗处赶来查看情况，秦然记得他，上前走了几步问道："罗处，抱歉麻烦你们了。我现在精神状况不太好，麻烦让沈队把我送回去成吗？"

作为原创言情小说《霸道总裁：我的彪悍警察女友》的狂热粉丝，罗处眨巴了两下眼睛，迅速地批准了："当然，为人民服务。"

"小沈，送秦总回去。"罗处转过头严肃地吩咐沈梦，仿佛在掩饰着什么。

沈梦把钥匙收回裤兜，抬腿走了。秦然一见，跟在了身后。

看着两人一前一后离去的背影，警察局里的众人怅然若失。

啊，追了几个月的小说，居然仓促完结了……

车里放着舒缓的音乐，秦然闭上了眼，脸上浮现疲惫之色。

沈梦侧头看了一眼，平稳地开着车，将空调的温度调高了些。

过了好久，秦然幽幽开口："其实小时候，我母亲还在的时候，我父亲对我还是很好的。"

沈梦不知道说什么好，伸出右手贴在了他放在肚子上的手，用力握了握。

"沈梦……"

"嗯？"

"我喜欢你。"

一直到了小区停车场，两人都没再说话。

沈梦把他送到了家门口，把钥匙掏出来："拿着吧，这是你的车。"

秦然盯着车钥匙，伸手缓缓接了过来，放在了门旁边的鞋柜上。

"那些家居装饰品什么的，这几天下班我都会过来收拾，有些你就看着帮我扔掉就好了……"

话还没说完，沈梦便被扯进了屋里，门在身后"啪"地关上了，秦然抵着她的额头，在她的唇上落下浅浅的一吻。

"不走好吗？"

……

本来准备关掉秦然家安装的监控画面的警员一三一四号的手停在了半空中。

这是什么？

这是什么！

11

恋爱后的秦总还洁癖吗？

必然的。

只不过秦总除了洁癖之外，最近还多了一项让沈梦非常无语的技能——随时随地汇报行踪。

“沈梦，我在办公室开会。”会议开始前，秦总拍了一张会议室照片给置顶聊天的人发了过去。

过了半个多小时对方终于回复了：“哦。”

秦总要去海星公司进行洽谈，临出发前发了个定位：“我现在出发。”

二十分钟后到达目的地，秦总把定位发了过去：“到了。”

沈梦过了一小时后回复：“知道了。”

中午吃饭的时候，秦总把一桌子菜拍了下来，海星公司的白总有些意外：“秦总，以前吃饭没见你拍照啊？”

秦总淡定回复：“拍给媳妇的，怕她吃不饱。”

沈梦这次回复得很快：“你给我滚！我在外面执勤饿死了！”

秦总露出了欣慰的笑容。

某天晚上，回到家的沈梦忍无可忍，对着一脸无辜的秦然破口大骂：“你当人民警察很闲吗？一天二十四个小时不跟你在一起的时候平均十分钟发来三条消息，你信不信我真把你屏蔽了？”

“蔡雀挺闲的。”秦然扁了扁嘴。

这人还打算写第二本小说呢。

“他闲不闲我不管，你个大老板怎么就那么闲呢？”沈梦看着不知悔改的秦然，气得伸手戳了戳他的脑门。

“办事效率高，没办法，我确实挺完美的。”秦然脸不红气不喘，悄悄把沈梦的手指抓在手里捏了捏，还顺便放在鼻子前嗅了嗅。

这一嗅把秦然嗅得眉头直接皱了起来：“什么味道？”

“晚上为了找证据一群人到处翻着垃圾桶，我有戴手套，但可能……那些东西确实脏了点，渗了进来我就拿纸巾随便擦了擦。”

秦然整个人僵住了，握着沈梦的手放也不是不放也不是，脸上的颜色变了又变，最后从牙缝里挤出了那么几个字：“你，给我现在、马上、立刻去洗个澡，没有半小时不准出来！”

沈梦笑得花枝乱颤。

黑青着一张脸的秦大洁癖撸起袖子把沈梦走过、碰过、摸过的地方全部做了大清洁。

沈梦出来的时候，还看到秦然忙碌的身影。

洁癖是病，病入膏肓了。

END

# 我替陛下背黑锅

WOTIBIXIABEIHEIGUO

文／苏酥肉

一位幽默风趣的酥肉鉴赏大师。

01

我在厅内等爹爹下朝后一起吃午食，筷子拿在手上还没来得及偷吃，爹爹便怒气冲冲地进来对我大声呵斥："孽子，跪下！"

我不知所措地把筷子一抛，下意识跪倒在地，大声道："爹，我错了！"

爹爹眉毛一横，怒道："错在哪儿了？"

我小心翼翼试探："是我不该拿筷子？"

爹爹一拍椅子："混账，你怎么可以让陛下这么胡来！"

听他说到陛下，我原本因为心虚而弯的背脊瞬间挺得笔直，无所畏惧："我同陛下毫无瓜葛！"

爹爹痛心疾首道："你这说的是人话吗？陛下都为你摔断手臂了，你竟然还这么撇清关系？"

他说起陛下来，满目敬仰，语带骄傲，好像那是他的嫡亲一般，可他真正嫡亲的女儿还跪在地上，且膝盖略疼。

陛下摔断的手是他自己“骚”断的，他偷偷爬墙去看将军府上新来的暗卫，不想一脚踩空，从半人高的墙上摔了下来，还是我背他去的太医院。怎么到头来我还成了罪魁祸首？！

我昂起头：“爹，你是信陛下还是信我？”

我目带柔光，意图以理服人，用亲情感化愚忠，用理智肃清感性。

爹爹毫不犹豫：“信陛下。”

那天的午食我是躺在床上吃的，屁股肿得翻不过身来。

门外有轻响，我有气无力道：“替本小姐端一杯水来。”

一只手伸过来，好看得很，比我的还纤长些。我接过杯子，百思不得其解：“阿碧，你戴什么扳指啊？”

一抬头，陛下那张咧着嘴的脸逼近，我吓得一个翻身，屁股和床板来了个亲密接触。

陛下眼带戏谑，嘴上怜惜道：“我们阿桢怎么这么不听话，还逼得尚书大人打了你板子。”

我颤巍巍地伸出一根手指，直直地指向他鼻尖，口吐芬芳道：“滚。”

陛下直起身子，惋惜道：“朕可是为了阿桢才翻墙越门的，还差点折了半条命，你就是这么对待仰慕你的人的？”

我痛苦地闭上双眼：“请停止你的表演。”

陛下这样还不够，继续凑上来：“将军近日得胜归来，你说朕要不要大办宴席，再为他赐婚？”

我伸手抵住他的身子，冷静道：“要的。臣女愿为陛下赴汤蹈火，在所不辞！舆论算什么，清者自清。”

陛下满意地点了点头，大摇大摆离开房内。我听到下人们窃窃私语，说陛下对小姐如何尊重，如何疼惜，竟然在小姐受伤的下一刻就出现在府中。

我艰难地翻了个身，想起这桩荒唐事来。若不是当年同陛下定下那劳什子约定，现在的我定然是个快乐地追求幸福的小蝴蝶，而不是像现在这样，受着一肚子气躺在床上！

在国子监时，我同小将军沈广一同上下课，青梅竹马，时间一长就生出了几分情愫来。某日放学，我借口给小将军看我爹珍藏的宝贝，成功将他约出学堂。

他一脸期待地问："尚书大人到底藏了什么宝贝？"

我见左右无人，一拍胸脯说："自然是本小姐了，精心饲养，童叟无欺。"

我一辈子都记得沈广的表情，像是装备齐全上阵打仗，架起弓箭后发现箭囊里都是昨晚吃剩下的串串签子。

他铁青着脸，二话不说便转身离开，一边走还一边甩袖道："荒谬至极！"

还未等我反应过来，角落的灌木丛里发出了"窸窸窣窣"的声响，我扭头一看，那时还是太子的陛下正蹲在角落里看得欢乐，见我发现他了，才摇头晃脑道："卿本将心向明月，奈何明月照沟渠。"

我恼羞成怒地将他扑倒在地，举起拳头抵在他鼻前："你若是敢将此事说出去，我定不放过你。"

比暗恋失败更可怕的是全天下都知道你暗恋失败。

正当我同他僵持不下时，背后忽然响起我爹的抽气声。

我脑袋一乱，手一松，被陛下反压在地上，他眼里闪着星星，凑到我耳边道："想命令我，可是要付出代价的。"

我瞪了他一眼，看着爹爹越走越近，连忙道："我答应，我答应。"

当下的我并不知道，暗恋失败被嘲笑是一时的事，而替陛下背锅是一辈子的事。

自那以后，陛下没有早起，是我妖媚惑主；陛下偷偷出宫，是我撒娇教唆；陛下大发雷霆，是冲冠一怒为红颜。

我明明日日在家中温书！真是人在家中坐，锅从天上来。

从那天开始我不是颜家阿桢，我是"皇家御用背锅桢"。

02

捂着受伤的屁股，我面色庄重地让侍女拿了个软垫放在马车内，还没等我坐稳，就隐隐听见下人们窃窃私语："陛下又临幸颜家嫡女了，这种运气真是羡慕不来的。"

我怒火中烧地喊："闭嘴！"

周围一片安静，随后一个熟悉的声音道："被朕喜欢是这么丢人的一件事吗？"那语气中带着委屈和难过，还有一丝难以言明的不怀好意。

我拉开帘子："陛下这就来了，怎么不知会一声？"

他深情款款执起我的手："我们之间谈何你我？"

我使劲抽自己的手却没能抽回来，只好任由他紧紧握着我的手。

直到合上车帘，他才放下手，随后又从胸口掏出一块锦帕，小心翼翼地擦了擦自己的手。我问："陛下平日里忙得不可开交，今日为何有空出来？"

陛下叹了口气："还不是因为将军府上新来的那个暗卫。"

我紧张道："他不会是哪国的奸细吧，可不能给他机会伤了将军！"

陛下横了我一眼，慢条斯理道："朕是说那个暗卫长得俊俏，让朕夜不能寐。"

没错，我朝陛下是个断袖，好分桃，好龙阳，好男色。

而我，是全天下唯一知道这件事的人。每当宫中宴会酒过三巡，陛下都会招我去他身边坐，在座的官家小姐都会向我投来嫉妒的眼神，可她们不知道的是，所谓的亲密接耳，其实是陛下在说："快看那位公子，长得真是白嫩可爱。"

然而席间的公子们根本不敢看我，生怕陛下产生什么误会，龙颜大怒。看着大家或怕或妒的样子，我只想为大家高歌一曲《真相是假》。

背了这口锅，我就注定是要孤独终老的女人了。自陛下同我"官宣"之日起，我五米之内几无雄性踏足，百米之内再无衣衫不整之人，但凡我对谁动点小心思，那些公子看我都像是看叛贼，眼里明晃晃的都是对我的唾弃。

我好恨！

所幸沈广并未对我避而不见，除了国子监那次外，他见我还是平心静气的样子，像个好好先生。我更加确信我们是互相喜欢，只是有陛下这个恶人阻碍着我们鹊桥相会。

今天我就要驾着马车，坐着软垫，带病告诉沈广：我同他就是天生一对！

我的表情一会儿黯然一会儿愤怒一会儿激昂，陛下看着我，像看傻子一样。

呵，他不懂。

将军不在府上，连带着他的暗卫也不在。

陛下同我一起在将军府门口的槐花树下等了三炷香，等我俩又坐在树下“呼噜噜”地吃完了三碗小馄饨后，我打了个饱嗝，同陛下交换了个眼神。

我俩声东击西完美配合，成功甩掉了一屁股的随从，在东街汇合。

“今日桂花楼的大厨又出了新菜，阿桢可要去尝尝，听说是加了刚摘的桂花捣成的糯米糕，香甜沁口。”

我只听他粗粗一说便口水直流，连连点头：“要的！”

随后我们便一溜烟跑到桂花楼，熟练地和小二要了个包间坐了下来，包间临街，刚好可以看到月上柳梢头和对街的景象。

我小抿了一口酒：“陛下这样下去也不是个事儿，就连我爹都念叨过好几回了，忧心你何日能成婚。”

我问完后抬头看向他，他伸了个懒腰道：“朕不是都有你了吗？若是真到了不得不成婚之时，也只能拜托阿桢了。”

我“啪”地放下杯子：“陛下不想成婚，我还想成婚呢！我要同沈将军生一窝的小将军！”

陛下伸手抬起我的脸，随后小心地用指腹摸过我的鬓角，肌肤间的摩擦让我心中一紧，他道："你是我的人，谁敢娶？"

"这天下这么多女人，心甘情愿嫁给你的多了去了，何必非要找我？"我好声好气道，"不如我们把协议就此作罢，好聚好散。"

他的手骤然松开，眯起眼仔细地看了看我，随后咧嘴道："我不想糟蹋别的女子。"

要不是他是陛下，定然早成了我拳下亡魂！

我站起身，双手直奔他的脖子而去，奈何脚下一绊，直直地将他给压在了窗台上，酒菜顿时翻得一桌子都是。

我撑在他身上，与他四目相对，而他的两只手正环在我的腰上，我尖叫道："你个死断袖松开手！"

他亦喊："你先把手从我胸上移开！"

我二人声音洪亮，路过的人纷纷抬头看，一边看还一边啧啧称奇。

小二送桂花糕上来，推开门看着满地狼藉，又看着我们糟糕的姿势，也跟着尖叫起来："颜小姐，出门左拐就有一家悦来客栈，何必要在这小小的隔间中施展身手，你看公子连腿都伸不开了！"

一听到我的名头，下面看热闹的人顿时都"哇哇"地叫了起来，也不知是谁起的头，纷纷跪地："草民叩见圣上。"

如果我朝识字速度能有八卦传播速度的万分之一，哪还有目不识丁之人！

恍惚间，我瞟到街角处似乎有个熟悉的身影，我定睛一看，便与沈广四目相对上了。

03

爹苦口婆心地敲响我的门："阿桢，你同陛下情难自禁爹爹能理解，但也不能不吃饭啊！"

我敲着桌子愤然道："我没有！"

爹爹放下碗筷长叹一声道："沈将军在门口，你见是不见？"

说时迟那时快，我一把拉开门，整个人穿戴整齐，面容精致，略紧张道："爹爹你看我姿态如何？"

说罢我昂首挺胸，努力吸腹。

爹摇了摇头，暗骂了句家门不幸便起身离开，我踩着小碎步一路到大堂，见沈广正端着杯子在喝茶。

我轻轻一咳嗽："将军今日怎么有空来府上？"

沈广盯着我看了好一会儿，随后笑道："今日有事来拜访尚书大人，恰闻颜小姐闹了脾气不吃饭，尚书大人便拜托我来开导开导你。"

我眉开眼笑道："若是将军在，别说一碗饭，三碗也是吃得下的！"

"那日我见到你和陛下在桂花楼了。"沈广道。

我脸一僵，顿觉胃口全无，甚至隐隐作呕，我虚弱道："我不是，我没有，你看错了。"

沈广笑道："清者自清，我知道你不是随便的人。"

我双目含泪，很想同这位知心哥哥握一握手。

沈广心疼地看着我："不如我们去外面吃吧。"

我点了点头，与家中人知会了一声就同他一起出了门。

桂花楼人声鼎沸，桂花糕卖得特别好。

小二经过我身侧时，压低了声音说："背着陛下找男人，颜小姐，我敬你是条汉子！"

护城河的水都是我流的泪。

沈广同我吃着桂花糕，聊着近日的见闻，一时间气氛其乐融融，更别提他和我不经意间的眼神相会和手指触碰。

多年媳妇熬成婆，这难道不是沈广对我的暗示吗！

我按捺住激动的心情，故作矜持道："陛下前段时间提了要成亲的事。"我疯狂暗示对方机不可失。

沈广一愣，随后失笑道："陛下也确实到了适婚的年龄。"

他目光澄澈，表现得毫不做作。

我看着他道："将军有心悦的人了吗？"

沈广举杯轻轻晃了晃，随后道："有了。"他的目光直白又温柔，像是一道光。

我一惊，小心问道："将军喜欢的人，是什么样的？"

他仰头思索："是温柔的，知书达礼的，是可以相伴一生的青梅竹马。"

这不就是我吗！我心中大喜，难得有人能看清我同陛下间的一清二白，不愧是我喜欢的人！

也许是我眼神过于火热，沈广声音一顿，随后道："可是我不知那个人是否已心有所属。"

我疯狂摇头道："没有的，那人心如死水，古井无波，比尼姑庵里的尼姑还清心寡欲！"

沈广见我的样子，轻轻一笑。真是一笑倾城！

我又大着胆子问道："也不知将军决定何时向她表明心意。"

将军目光如水："大抵是在她生辰宴上。"

我一拍桌子道："我明日就办生辰宴。"

将军闻言大笑，笑得我满脸通红，他说："若是我心悦的人也像颜小姐这般活泼就好了。"

等等，我回过神来，看见将军的满目温柔越过我朝远方丞相家的屋顶望去。

我懂了，我知晓了，我清楚明白了。我这就转身离开，一路向北，剃发入庙。

将军结了钱便先一步离开，向丞相家走去，我将头抵在臂弯中，想钻入土底。

紧接着外头的帘子被人拉下了，隔绝了一室的嘈杂，那人走到我边上，轻轻将手放在我脑袋上："活该，朕一会儿不在你就出去拈花惹草。"

我捂着脸："名草有主，我算是竹篮打水一场空了。"

他坐在一旁叹了口气："阿桢，那沈广真的这么好，好到你对他念念不忘这么多年？"

陛下问得真情实感，我下意识就应了一声，可随后细想起来，我对沈广的感情好像更多的是不服输和对陛下的反抗。若要我讲出沈广的好处来，我连三点都说不出。

见我久久不再说话，陛下道："若是你真的不甘愿，那我们之间的约定便一笔勾销，你不必再为我粉饰太平，我也把你的秘密烂在肚子里。"

我抬头看向他，有些欣喜："当真？"

陛下慈爱地看着我道："当然是骗你的。"

我抄起桌上的桂花糕，一把丢在陛下昂贵的外袍上，蹭出了一道淡黄色的痕迹，歪歪斜斜地从大腿根一直到脚腕。

陛下眯眼看向我，抓起我作孽的手道："阿桢这是恃宠而骄了。"

他将我拉近，指着那处痕迹道："你知道这是朕最喜欢的衣服吗？你若是不洗干净还给朕，朕定将你的事迹写成话本，在大街小巷传颂。"

我咬牙切齿愤然接过他手中的外袍，而陛下则背着手，心情愉悦地出了门。

陛下同我一起回了尚书府，爹爹正端着咸菜坐在院中伤春悲秋，一见陛下来了，连忙跪下迎驾。

陛下挥了挥手，让下人又端了一碗粥和一碟咸菜，也跟着我爹坐在院中吃饭，而我蹲在池边拼命地搓洗那件衣服。

等到茶过三旬，爹爹打了个哈欠，陛下才起身要离去，爹爹瞪了我一眼，让我赶紧送送陛下。

惺惺作态！

我不情不愿地跟在他后面，一路踢着石子，蓦地撞上了他的后背。他转身抱住我，声音是前所未有的温柔，他说："你这个傻姑娘，天下男人这么多，何必吊死在一棵树上？"

奇怪的是，沈广弃我而去的时候我没哭，众人指指点点的时候我没哭，现在不知是月光太温柔还是他太温柔，我的眼睛有些酸胀，我用力眨了眨眼睛，还是感觉到他的肩膀湿了一小块。

我抵着他的肩膀，伸手擦了擦眼睛，最后小声说："我没有。"

他的手环在我身上，将我按在他的怀抱中，轻声说："我知道的，阿桢是最好的姑娘。”

04

那天晚上我做了个梦，梦里开了一大片莲花，有人站在莲池中央背对着我唤我的名字。我满怀欣喜地等着他转过身，却是陛下的脸。

我蓦地惊醒过来，吓出了一身汗。陛下怎么可能这么温柔，事出反常必有妖。

第二日爹见我茶饭不思，一双筷子举了半日还不落下，不由道:“这么大的人了，怎么还不知道吃饭要专心。”

我呆呆地望向他，爹爹放下碗筷唏嘘：“你娘走得早，那几年我也无心教导你，是爹爹的不是了。”

我轻声问：“爹，你说陛下为什么突然对我这么好？”

爹爹皱眉反问道：“陛下什么时候苛待过你吗？外邦进贡的新鲜玩意儿哪次不是最先送到你屋内，你的衣柜中可曾少过衣物，常人吃一口御赐的米饭都难，你却在御膳房进出自如。爹爹比起陛下都自愧不如，你竟然还问我陛下待你如何？”

爹爹越说越气，胸膛上下起伏，最后把碗筷狠狠砸在桌子上：“不吃了！”

我拿着筷子还没下嘴，就被爹吓得一哆嗦，他夺了我的筷子催促道:“你赶紧把陛下的衣服送回去。”

等走到宫墙外头，我心头才涌起淡淡的尴尬，在外面踱步了许久都没有进去。禁卫军首领盯着我看了许久，无奈道："颜小姐到底进不进门？"

我捏着衣服第一次有了扭捏之情，他叹了口气道："沈将军前脚离开，颜小姐后脚就到了。"

听到沈广的名字我连忙问："沈将军来做什么？"

首领挠了挠头："陛下近日频频召见将军，许是边塞有战事。"

不对，从陛下突然温柔地劝我放下沈广，到他频频召见将军，再到那个神出鬼没我从未见过的暗卫，我脑中灵光一闪，骤然明白了陛下为何会对我这么温柔。

原来他是看上将军了！

我心头原本涌上了一团怒火，可怒火很快被幸灾乐祸代替，幸灾乐祸又变成了惺惺相惜。

我拿着衣服推开门："陛下。"

可能是我语气过于哀恸，陛下一惊，笔下绽开一朵墨花。见我神色严肃，陛下轻咳一声，让首领在门外守着，他头疼地望向我问："又是谁气着阿桢了？"

我真情实感道："我已经知晓了，陛下喜欢将军。可陛下你要知道，你的情敌从来就不是我。"

陛下的脸越来越黑。

"那日我同将军在桂花楼中畅谈人生，才知道原来他的心上人是丞相家的嫡小姐。你我早就没了先机。"

陛下语气古怪道："所以你当如何？"

"所以我就来安慰一下陛下，不必伤怀，你我同是天涯沦落人。"

我捧着衣服说。

陛下盯了我许久，久到我后背阵阵发凉，随后他突然哀愁道："朕苦苦隐瞒的事还是被你发现了，阿桢，你一定要替朕保守这个秘密。"

看到陛下红了双眼，我才明白我的喜欢简直不值一提。我坐在陛下身侧，轻轻将手搭在他的后背上，生疏地拍了拍，我柔声道："男人嘛，也不过如此。"

陛下握着我的手："阿桢，以后遇见沈广，我定然不能输了气势，就要麻烦你替我再掩饰一二了。"

我更加用力地回握住陛下的手，信誓旦旦："好！"

那夜明月高挂，我抱着疑惑来，带着骄傲走。谁能想到我这个弱女子身上竟然肩负着维护圣上尊严的重担，谁能想到我这个弱女子一力扛起了陛下柔弱的少男之心。

陛下表面上看起来无动于衷，背地里一颗心早已千疮百孔，我有责任也有义务担当大任！

我昂首挺胸，感觉自己的肩膀有千吨重。爹爹背着手站在门外看我，见我大步出门，低声道："你这趟是去干什么的？"

"还衣服呀，不是爹爹你赶我出去的吗？"

"衣服呢？"爹爹问。

当然是给陛下了！我原本要这么回答，可低头一看，我竟然还原封不动地捧着陛下的衣服。

"你整日说，你与陛下毫无瓜葛，但每次一进宫就是一整天。"爹爹疑惑道，"你同陛下间到底有什么秘密？"

我满头大汗不知如何回答，最后急中生智道："爹，我本不想这么快告诉你，其实我同陛下早已暗生情愫。平日里我为了避嫌不得不频频解释，我同他毫无瓜葛，可在您的面前，我实在是隐瞒不下去了。"

爹爹神情复杂，我真诚地看着他，企图蒙混过关。

"颜尚书还有什么不清楚的都可以问朕。"陛下的声音在身后响起，他自然地伸手，我自然地牵手，一切都自然得体、浑然天成。

门后突然出现了将军的脸，随后是丞相的脸、太傅的脸，甚至连大理寺李大人都默默露出了脸，众臣盯着我和陛下相握的双手露出欣慰又了然的笑容，大家都年轻过，大家都疯狂过，大家都为爱奋不顾身过。

眼瞅着事情变得越发不可控制，我连忙道："各位明日还需上朝，不如今日就地解散。"

爹爹阴沉着脸将我拉到一边，痛心疾首道："身为女子，要矜持！"

我虚心接受，绝不悔改，爹爹不知道，我刚刚当着众臣的面，替陛下树立了一个大男子的形象，维护了他九五之尊的颜面。

这个锅，我背得甘之如饴。

## 05

太后被惊动了。

第二天天不亮太后就召我进宫，她慈爱地看了我许久，最后道："在国子监那会儿，哀家就见过你，是个可人。"

我坐立不安，只好喝水掩饰慌忙。

"哀家也知道你同陛下青梅竹马，感情是一日胜过一日，可是……"

太后这话绵中藏针，柔里带刚。

“可是丞相家的嫡女对陛下有意亦不是一两天的事了，他们二人也是自小青梅竹马一起长大的，况且先帝在位时好几次说过，等日后二人长大了，就为他们赐婚。”

我蓦地站起身来，低声道：“我反对！”

陛下都为情所累心神不宁了，太后竟然按头成亲，让他与情敌共处一室，我一想到这场面就心中酸涩。你这个做娘亲的怎么还雪上加霜，伤口撒盐！不把你儿子逼得坦白一切你就不自在是吧！

太后被我的反应吓得一激灵，随后一拍桌子道：“坐下！”

我灰溜溜地坐下，太后瞪了我一眼后慢条斯理道：“哀家看你日后八成也是要嫁入皇室的，不如先好好学学，身居后宫，最不可做的便是‘妒’，绝不能有善妒之心。”

我没有，我不是，你不要污蔑我！

我无声呐喊，却只能虚心接受：“太后说得对。但是丞相嫡女与陛下真的不合适。”

“哪里不合？”

“八字不合！”我睁眼说瞎话道，“我去燕城外的瞎眼先生那里算过一挂，陛下不宜碰水，而丞相嫡女的名字里带了三个水！”

太后睁大了眼睛，看向我，狐疑道：“你说的是真的？”

“千真万确！”

太后走了，去城外的瞎眼先生那里算命。

我长吁一口气，瘫坐在位置上，虚弱地说不出话，陛下刚下朝，一踏进门就见我奄奄一息的模样，急忙上前扶起我："让你不要乱吃东西，我这就去叫太医。"

我颤巍巍伸出手："无碍，力竭罢了。"

陛下听完了我的复述，在椅子上笑成一团："阿桢真是文采飞扬。"

我苦口婆心："这么下去也不是办法，陛下到了该成婚的年纪，必然是要成婚的。"

陛下一时间红了眼："阿桢，我这辈子爱不了男人，也爱不了女人了，你若是可怜我，就嫁给我吧。"

等出了宫我才回过神来，刚刚我是被猪油蒙了心了，竟然真的答应了嫁给陛下！

我站在宫墙门口，看着日后要围困自己一生的围墙，忍不住流下了向往自由的泪水，我不该心软，也不该进宫，在国子监的时候，我就应当本本分分读书，心生什么情愫，暗恋什么将军！

"你是颜家小姐吗？"身后传来一女子的声音，我转过身去，是一个面容姣好、身姿曼妙、穿着鹅黄色襦裙的女子。

"是我。"

她笑道："我是丞相家的嫡小姐，陈淼。"

百闻不如一见，以才华名满燕京的小姐果真同我这般以绯闻名满燕京的人不一样，若我是将军，我也定然选择陈家小姐。

我规规矩矩向她鞠了一躬，随后道："陈小姐在此处是等丞相下朝吗？"

陈淼说："不，我是来见陛下的。"

陛下并不想见你。

我斟酌道："陛下近日公务繁忙，不如改日再见？"

陈淼沉默了，随后她笑道："姐姐不必担心，我早已知晓陛下对姐姐情根深种。姐姐倒是把陛下看得紧，那也要看最后到底鹿死谁手。"陈淼说完这句话转身便走了，我呆愣在原地略有些不知所措。

从知晓陛下秘密的那一刻开始，我就不停地在为陛下掩饰。现在太后说我善妒，陈淼说我小气，爹爹说我不矜持，全天下说我与陛下定有一腿，而我说到底不过想做个好心人。

晚上等爹爹睡了，我小心地搬了张小茶几到屋顶上，顺便温了一壶酒。

爹爹知晓我要嫁给陛下的消息，没有动怒也没有欣喜，只是再三同我确认是否心甘情愿，在我违背良心点头后，他看了我许久，最后温柔地抱着我道："爹爹支持阿桢的所有决定，但阿桢如果有心事，可以让爹爹帮你。"

我愁眉苦脸地枕在爹爹肩头，爹爹不懂，这样的重任不是谁都可以抗的，我扛了大不了被骂一句毒妇，爹爹扛了，可能就晚节不保了。

我长吁短叹地喝着酒，直喝到天上的月亮变成了两个。我趴在桌子上，脑袋空空。

有人小心地将我扶起，又温柔地将我拥进怀中，那人身上有股很好闻的味道。

他无奈道："怎么又喝酒了，和我成亲就这么难吗？"

我翻了个身，不想理会他。

随后我额头一凉，这个吻像蜻蜓点水一般。我睁开眼困惑地摸了摸额头，随后我看到了陛下。

平心而论，陛下长得真的很好看，比将军不知道俊上多少，他让全燕京的女子为他痴狂，让陈淼那样的人一见倾心。说到底，我也曾有过不切实际的幻想，幻想过陛下是喜欢我才同我约定了这劳什子的条款，才对我与众不同。

我眨了眨眼睛，伸手去摸他的脸，随后痴痴笑道："你怎么又进我的梦里了？"

他的神情变得古怪起来，有些疑惑地问："你总是梦见我？"

我胡乱地点了点头，随后歪着身子道："但是之前在梦里，你总是对我笑，笑完我就醒了，这次好像不一样了。"

"哪里不一样了？"他轻声问道。

"你亲了我。"我喃喃道，"你从来没亲过我。"

陛下笑了，他将我紧紧揽在怀中，我窝进他怀里，昏然入睡。

06

今天是不寻常的一天，我看着床帘想。

今天我身边睡了一个男人，他呼吸平稳，睡姿优美，一只手牵着我，另一只手还被我枕在颈下。爹爹在外头敲门："阿桢，起来吃早食。"

身边的男人像是被吵醒了，他揉了揉眼睛，轻声道："这是早上了。"

我僵硬着身子起来，随后跪倒在地："臣女对陛下绝无非分之想。"

陛下起身穿戴起来，他套上外袍后道："没有非分之想？昨日不知是谁一定要扑上来亲朕，也不知是谁拉着朕的衣角让朕不要走。”

我冷静道：“陛下怎么还和醉汉计较呢？”

爹爹见我久不应声，微微有些着急，一把推门进来。随后就看见陛下衣衫不整地穿着衣服，我生无可恋地跪倒在地。

他稍稍犹豫了一会儿，贴心地带上门退了出去。

爹不是要我吃饭，他是要我死。

随后他在外头道：“将军在外头等你许久了，好像有什么事要问你。”

我同陛下四目相对，下意识开口道：“陛下听我解释……”

陛下没说话，依旧看着我。

我咽了口口水：“将军定是想让我为他出谋划策，看怎么才能打动丞相家嫡小姐的心。”

陛下面无表情地将我扶起，随后将自己身上的外套披在我的身上，光明正大地揽着我出去。

将军没想到找个尚书小姐，出来个陛下。他错愕地跪下：“臣叩见陛下。”

陛下坐在首位上看向他：“将军一大早找阿桢所为何事？”

将军踌躇了半晌后道：“臣心悦陈小姐久已，可一直没有回响。臣就想问问颜小姐女人心该怎么看？”

陛下拉着我的手道：“你要问就去问那些未出阁的少女，像阿桢这种与我一见钟情、二见倾心、三见定终身的人怎么可能揣摩得了陈淼的心思？”

我看着陛下一本正经地胡编乱造，好像当真同我有过这么一段缘分。他说得漫不经心，我却微微感到有些别扭。

陛下的戏过了。

我看着将军变色的脸，心中骤然升起一阵烦闷，轻轻挣脱开陛下的手后上前扶起将军，我看着他说："陈小姐是知书达理之人，又敏感多愁，总归是要人哄的。将军平日里大大咧咧惯了，同她常年称兄道弟，她自然是不懂将军之心。将军若真喜欢陈小姐，不如下次带她去踏青赏花。"

将军千恩万谢地走了，大堂只剩下一个黑脸的陛下。

他阴阳怪气道："你倒是抢着做好人。"

"总归不是你我的将军，不如成全他们，也算是做善事。还有，陛下，"我看向他，第一次有些认真道，"你不要再同我走得这么近了。"

近到让我失去分寸，开始不切实际地幻想，开始盲目地借酒消愁。我不想再为遥不可及的梦一次又一次地跌倒。

陛下望向我："若不同你走近些，旁人又怎么会相信我们是一对爱侣。"

桂花楼的店小二，东街的黑小子，西市的杀猪匠哪个不知道！全燕京除了我之外还有谁觉得我同陛下清清白白？

没有！

我叹了口气："陛下，臣女是个自恋的人，你若是再对我这么亲密，总有一日我和陈小姐又有什么区别？"

"有区别的。"陛下笑道，"陈淼是求而不得，你是得而不屑。"

我冷着脸将陛下赶了出去，我爹在后面弱弱地反抗："与礼不符，大逆不道啊！"

陛下扒着大门的时候依旧笑得很开心，他抬头看向我："朕若真待你好，你当真会心悦朕？"

我关上门，背对着门心虚地低下头，不顾身后带着笑的陛下继续敲门道："让朕好好看看朕的好阿桢。"

陛下在耍流氓，我十分肯定。

我坐在屋顶上，思考是我的命硬还是板砖硬。

是我越界了，也是我痴心妄想了。

爹爹在下面看着："你究竟要在上面站多久啊？菜都温了三回了。"

要想及时制止这种情况，只有与陛下划清界限，绝对不能同陛下成婚。

"你若是再不下来，爹爹就上来找你了。"

这事久拖不得，要速战速决，免得一时心软真嫁入了皇宫，日日对着心上人，却只能以泪洗面。想到此我便向前走了两步，正好从屋顶上滚了下去。

等我再睁开眼，就看见太医和善的脸，他笑道："颜小姐，认得我吗？"

我点了点头，他欣喜地转向陛下道："颜小姐只是扭了脖子，其他无碍。"

太医起身后，我看到了黑着脸的陛下，以及红着眼的陈淼。

陛下在这里我不惊讶，但陈淼竟然也来了，她抬头看向我，眼里像是有千般不愿意，也有无可奈何的妥协。

陛下温柔道："阿桢，你先好好休息。"

"陈……"我出声询问。

陛下面无表情地看了她一眼，随后转向我道："今日听闻你失足摔下来的消息时，陈淼正好入宫见太后，她说同你也有几分交集，心中担忧你就跟着一块儿来了，我同她毫无瓜葛。"

他的手温热又宽厚，将我磕破皮的手包裹起来，我原本的纠结和迷惘在这一刻好像都消失不见了，有一个很大的声音在我心中呐喊："你心悦他！"

我心悦他，就算他一辈子也不能同我在一起，我还是心悦他。喜欢可以欺骗别人，却骗不了自己，原本要与他划清界限的心一下子就动摇了，那点念头烟消云散。

多少人与喜欢的人不能相伴一生，而我只是得不到他的回应罢了。

随后我抬头看向他道："那你抱抱我，我摔得好疼。"

说完我张开手撒娇地看向他，是我卑鄙，是我滥用权力，贪恋着不属于我的温柔。

陛下一怔，随后当着众人的面，毫不避讳地将我揽在怀中，他轻拍着我的背道："无事了，有朕在。"

## 07

在我能成功下床后，听闻的第一个消息便是陈淼要成婚了，正是同将军。

陛下告诉我这个消息的时候，我偷偷观察他的反应，他好像真的很开心，眉飞色舞地讲他们将择日完婚，与一个月之前愁眉苦脸的陛下截然不同。

陛下倒是走出来了，而我又走进了一段死胡同。

陛下不是不好，是太好了。自我受伤后，他日日下朝便来尚书府看我，坊间传闻我不是崴了脖子，是动了胎气，必须在府中好好养胎。

我倒是想！

就连太后也坐着软轿同我再三确认我肚子略微鼓起到底是因为吃太多还是因为多张嘴。

我打趣着告诉陛下："全天下都以为我身怀龙子。"

陛下小心地将一勺汤药喂进我嘴中，随后又拿着小帕子擦了擦我的嘴角："真是可笑。"

他嘴里说着可笑，脸上却没显露出半分可笑来。我自以为是的窃喜也淡了许多。

不该奢望。

陈淼亲自把请柬送到府上，她望着我道："我拼不过你，愿赌服输。"

我顺手接过请柬，看着她长叹："我是为你好。"

陈淼点了点头说："陛下不是我的良人，他对你用情太深；你也不是善茬，切记之后入了后宫不能像现在这么善妒。"

我错愕地望着她，真情实感发问道："我何时善妒了？"

陈淼没好气地看了我一眼："那日我好不容易寻了个借口进宫看陛下，刚同他打了个照面，禁卫军首领就急急忙忙冲进来说你因为看见我进宫，急火攻心从屋顶摔下，以死相逼。"

若有朝一日我真进了宫，第一件事就是换了这个首领。

我见左右无人，拉着陈淼到了角落里，随后道："我同陛下根本不是你想的那样。实话告诉你也无妨，陛下是个断袖。”

陈淼盯了我许久，最后强硬地把自己的衣袖从我手中抢过，又将我手中的请柬收回，略有些受伤道：“我都要嫁给将军了，对你完全构不成威胁，你为何还要苦苦隐瞒？陛下若有龙阳之癖，又怎会与你如此亲密？”

我有苦说不出，我不过也是个伤心人罢了！

见我还要狡辩，陈淼道：“你当真不知道陛下为了白日能照顾你，日日回宫批奏折到子时。为了同你成婚，不知道驳了众臣多少次选秀的提议。颜桢，你是真的傻，还是当我傻？”

她说完便转身离去，徒留我一个人站在原地。

我心中突然就迫切地想见到陛下，想问问他，不再是似是而非的试探。

陛下兢兢业业坐在御书房里批折子，我推门进去时，他有些讶异地站起身来。

“阿桢，你怎么……”

他话音未落，我隔着桌子踮起脚堵住了他未完的话。他先是有些不敢置信，随后反客为主地抱住了我。

首领默默关上御书房的门。

“阿桢今日格外热情。”陛下笑道。

“你不是断袖吧？”我问道，“陛下，你不喜欢将军。”

我信誓旦旦地说着，直直看向他的双眼。

陛下道：“朕从始至终喜欢的都是你，也只有你。”

我在陛下嘴里听到了一个截然不同的故事。

故事里有个姑娘一直往前跑，却从不看看身后追着她的人，身后的人只能想了个卑鄙的法子，利用姑娘的好心和耐心一步步把她的目光吸引过来。

“阿桢是个痴人，娇俏不自知，深情不自察。”陛下笑道。

我抬头看向他，也笑道：“那陛下以为自己是一厢情愿当了个情痴，却不想我同你一样，也是个痴人？”

我们相视一笑，紧紧相拥。

END

# 美人不是计

MEI REN BU SHI JI

文/绿蜡

蜂蜜柚子那样甜的。
微博 @ 绿蜡的本尊

## 01 第一个谎言：我只想做研究

苏楠搞到鸿蒙学馆的访学资格，惊掉了研究所所有人的眼珠子。

鸿蒙学馆乃天上仙都，以五年为一期，招收数百名下界优秀学子。后经过下界再三申请，才另开放了为期半年的访学机会，每次申请人数不下百万，获批的却寥寥无几，能获得资格的都是天之骄子。

导师死活不信，盯着申请书上的许可印章发呆。

“你是怎么做到的？”他问。

导师来回看了好几次那份才十页的申请书，全是套话和官方发言，完全比不上自己精心准备的学术论文，他怀疑道：“难道是你的研究的题目很特别？”

《关于赌咒发誓的起源、发展和未来的走向》，许多人写过，并没什么出奇。

苏楠笑着抬手摸了摸右脸上的胎记：“可能是看我可怜呗。”

她自出生起，右脸便有一个巨大的红色胎记。胎记颜色随着她长大越发变得赤红。

导师摇头："莲先生特批的，没那么简单。"

"莲先生是谁？好不好打交道？"她问。

导师有些同情地看着她："莲先生是学馆的大先生，又是藏书楼的执事，所有访学的人出入藏书楼查询资料都需要他批准。你见了他，脾气好点，耐心点，不要和先生计较太多。最要紧的，听先生的话。"言下之意，很不好打交道。苏楠点头，牢牢将这名字记住了。

某个晴朗的春日，苏楠坐上鸿蒙学馆的专车。

云海缠绕着雪山，佛光与仙气并行，苏楠惊得不能言语。

抵达云台后，苏楠不敢胡乱行走，乖乖等人来接。此间虽名为学馆，但实则一小世界。里面不仅有望不到头的崇山峻岭，更有一层层往上的三重天，其宽广不知几万里。

等了一刻钟，便见走来一身量极高的男子。青袍玉面，宽肩细腰，一根白玉簪紧束着头发，领口包着修长的玉颈，沉静又华美。

苏楠脑子里只一句话。

出淤泥而不染，濯清涟而不妖。

苏楠呆呆地看着他，眼神过于赤裸。

那男子走到她身前，缓缓打量，视线扫过她脸上那块巴掌大的瘢痕。苏楠被他盯得感觉胎记有些灼热，她往后缩了缩，似乎察觉到了危险。

"苏楠？"他开口问。

“是。”她立刻应声，有点颤抖地问，“可是莲先生？”

“莲见。”

苏楠疑惑了一下。

“你我并非师徒，不必称呼先生，叫名字即可。”

直接叫名字会不会太亲热了？但导师说了要听话，那便听话吧。

苏楠乖乖叫了一声：“莲见。”

莲见微微点头，似乎满意了。

“此来学馆，为何？”莲见又开口。

苏楠立马将背得滚瓜烂熟的答案说出来：“研究生毕业论文，下界的资料有限，只有学馆藏书楼资料最全最完整。”

莲见眼中浮出淡淡的嘲讽，他轻声道：“当真只为研究？”

简单一句话，却惊得苏楠心脏狂跳。她强笑道：“自然。”

莲见眼珠动了动，突然背过身去不看她，肩膀有些微微的颤抖。

良久，他平静道：“进山门吧。”

她见莲见头也不回地走远，不敢拖延，拉着行李箱跟了上去。

一个在前走，一个在后追，直到出了山门，眼前一片浩渺的烟波。

莲见转身，遥遥地看着她：“你，对我说了谎。”

## 02 第二个谎言：找莲见先生请教下学问

苏楠说谎了，她此来学馆，为论文寻找资料是借口，想办法搞定胎记才是主因。

她生来便有胎记，一次父母带她去某名山古刹旅行，出于好玩，找了道观中的小道士算命。那小道士看着她的掌纹良久，又端详了胎记半晌，居然连说三声“晦气”，摆手说道：“我道行低，看不出这是啥，反正不是胎记。”

“怎么化解？”父母问。

“无法。”小道士摇头，“除非，去鸿蒙学馆。”

这仿佛是个笑话，鸿蒙学馆可是普通人能去的？

苏楠当时只觉得荒唐，没放在心上。可等高考完填报志愿的时候却犹豫了。踌躇了几日，最终义无反顾地在志愿表上填了民俗专业。

胎记既然有法解，不妨试试，也许天上会掉馅饼呢？

不曾想，馅饼果真掉下来了，只是被人看穿而已。

苏楠被莲见当面揭穿，十分尴尬。

不过，莲见并未将她遣返，反而安排她住进了学苑山的学者宿舍，又代办了藏书楼的借书证。

安排得实在妥帖。

莲见给了这些好处还不够：“藏书楼的资料浩如烟海，半年内要通读与誓言相关的书籍，稍显紧张。你若有不便之处，可随时来找我。”他顿了一下，指指旁边的小山头，“我就住那边的青莲院，一定要来。”

她点头，目送莲见乘舟远去，待人消失，马上收了笑脸。

无事献殷勤，在戳穿她后还递橄榄枝？

她想来想去，还是敬而远之好了，不到万不得已，绝不踏入青莲居一步！

次日一早，她抱着乐观的心态去藏书楼查阅书目，果然发现许多能用的书，跟着编号找过去，书架上却空空如也。

“书架上有就有，没有就是被借出去了。”老态龙钟的老松管理员慢吞吞道。

“什么时候还回来呢？”她问。

“说不定的。”老松点了点借书须知，“每本书的借阅期限是半年，有特别许可的话会延到两年。”

苏楠眼睛瞪得溜圆：“那么久？”

老松微微一笑：“学馆的小妖们散漫得很，学东西慢，时间便长些。”

苏楠抚额，只好再去找别的书。然而，又是一趟白跑。

过了一个月。

“又被借出去了？”她十分苦闷。

“应该是的。”老松好脾气道，“你可以换一些——”

“已经换过了。”她有点丧气，“老先生，能不能帮忙看看是哪位借阅的，或者能找过去商量商量？”

老松微微摇头：“不可以。”

苏楠没着儿了，丧气片刻，忽然灵光一闪，那伪君子半月前就殷殷叮嘱，让她需要帮忙的时候一定去青莲居。必定是他在藏书楼里做了手脚，令她什么有用的书也找不着。

苏楠想来想去，抱着一叠借的古书去了青莲居。

青莲居是一间草庐，但门口却有一池清水。池水清冽，三枝青荷破水而出，花瓣鼓鼓囊囊。水面下有一条红鲤优哉游哉，偶尔吐出一个水泡。

妖类的姓氏带着族类的痕迹，狐妖胡姓，凤族凤姓。龙族虽然姓敖，但“敖”通“遨”，取的是意。如此，莲见姓莲，合该是一株水生的莲花。

他草庐门口便有一池青莲，想必是他的本体。

苏楠调整好笑容，敲开木板门。

莲见站在门内，依然是素净的青色长袍。他冷淡地看着她：“何事？”

苏楠扬起笑脸，捧着自己带的许多零食和去食堂买的礼物：“莲见，我来串个门。”

莲见似笑非笑，入馆大半月了才来串门？脸皮厚之人，当真什么话也说得出来。

她见他笑了，拎了拎装了书的口袋：“顺便请教一些学问。”

## 03 第三个谎言：我是净世青莲，搞得定你的胎记

苏楠借了哪些书，莲见一清二楚。

老松日日晚间跑来青莲居，无事便提起她来：“第一天问我胎记怎么处理，我摇头，她便不问了，其实一点没死心。只不过是换了办法，想从你这边着手。去年来的新生们抱怨不了解咱们妖界的规矩，你让放十套《列妖传》出去。她到处检索目录，偏翻出来一套，天天熬夜看着呢。我估摸着，该来找你了。”

鸿蒙学馆将三界六道的历史梳理了一遍，成了一套三万六千册的

《仙妖史记》。《列妖传》正是其中一个小系列，而其又分了《太古记》《狐说》《莲记》等数十本，记录了从开天辟地时代至今诸多大妖的故事，十分精彩。

“来便来。”莲见微微一笑，“她那般不要脸，看这次又要如何耍赖。”

莲见开门，将苏楠请到亭子里坐着，上了两杯荷香茶。

“好香啊。”她捧着茶杯拍马屁，“只有莲见这里才有这么好的茶喝。”

马屁拍完，她又讨好地推了零食过来：“你喜欢吃什么？别客气呀——”

莲见见她明明是求人，却没有任何诚意，心里微微嫌弃：“听老松说，你近日对《列妖传》十分感兴趣。”

苏楠摸出一叠书来，最上面的一本是《太古记》，她悄悄挪开，露出一本《莲记》来，书封面是大气的古篆体。她道：“有许多不懂的地方，想请教你。”

莲见神色复杂地拿起《莲记》，翻开，又重重合上，发出响亮的一声。

他哑声道：“这本书你也看过了吗？”

“看过了，但有许多不懂之处，正要求教于你，会不会耽误你太多时间了？”

“不会。”他道，“正好这本书里有一段内容很有趣，想和你聊聊。”

确实有趣得很。

苏楠马上正襟危坐起来。

所谓《莲记》，乃是历史上几乎全部莲类妖仙的集合。以红莲、青莲最为出名，其中红莲君代表着乱世。

苏楠指着红莲感叹一声："十位红莲君便代表了十次乱世？"

莲见颔首："人间万万年历史，并不止十个乱世。"

她好奇道："若是红莲君代表乱世，为何不会被厌恶？"

莲见道："红莲业火，焚烧乱世中恶贯满盈之人。他们出现，意喻末世终结，乃大吉。"苏楠马上追问道："那青莲呢？"

等了半天，终于到正主儿了，可憋死她了。

莲见笑了，整张面庞仿佛盛开的荷花一般，艳光逼人。

他翻开记录青莲的几页："青莲乃是净世。"

苏楠不懂其中差别："红莲君不是已经将坏人烧死了吗？哪儿还有需要净的？"

莲见看着她："肉体容易消灭，人心的恶和欲念却难消。凡乱世开端，一则天灾，二则人祸，三则是潜藏在人心中的恶种，嫉妒、猜疑、自我怀疑。"

她若有所思地点点头。

他又道："以上种种，若有机缘巧合便可修成妖身，所过之处堪比地狱。青莲君的主责便是找到他，化去他的满身罪孽。"

"还能成妖身？"苏楠很不理解，抽象的东西也能化成具体？

莲见点头："化为妖身后名为'计都'。"

苏楠立刻恍然大悟："怪不得青莲君的传记里，总是出现计都二字。书里说，每一任青莲君为了捕获他，都需耗费许多年限。"说完，她佩服地看着他，"青莲君真是太厉害了，立地就成仙了。"

马屁拍得轰轰响。

莲见眉头却微微一皱，冷声道：“果真厉害？”

苏楠不明白他为什么被夸还不开心，以为是夸得轻了，便夸张道：“当然厉害。在我看来，莲君们秉持天地正义而生，降妖除魔为的是世间公道。”

莲见似笑非笑：“这么说起来，计都这样的妖魔，坏得很？”

“确实坏得很，死不足惜。”

莲见没说话了，沉默地看着她。

苏楠的嬉皮笑脸有点撑不住了，道：“是不是说错什么了？我初来鸿蒙，什么都不懂，若是有得罪的地方，请你别见怪。”

莲见偏头看茶杯，褐色的茶水已经没有热气。

“第一次见你，我真是惊呆了。学馆外没见过这般仙风道骨之人，还以为见了仙人。来的时候，导师千万交代要对先生恭敬些。说——”苏楠眼见场子要冷下去，赶紧废话热场。

“说什么？”他放下茶杯。

苏楠挪了挪凳子，几乎贴着莲见的胳膊了：“导师说莲见先生恐是得道的莲仙，可在我看来，先生怕就是青莲君本人！”

说完，她仰头看他，一副崇敬的样子。

莲见的手不断抚摸着光滑的瓷杯，沉吟不语。这个不要脸的，为了那胎记，真能舍得下脸来。

莲见抿唇，问出了一个问题：“苏楠，你可知你研究的赌咒和誓言，在上古时名为契约。”

苏楠茫然摇头。

“降妖除魔，向来有两种方法。”他兴趣盎然，“一是肉体毁灭，这个意思简单，大家都明白；二是精神毁灭，按照修士的话说，便是魂飞魄散。计都乃人心负面所生，肉体毁灭无用。”

“要魂飞魄散？”她问。

莲见颔首：“要使修士或者仙妖魂飞魄散，需得用法宝。先天法宝难得，能对付计都的更少。青莲乃是天生的灵物，其本体便是法宝，自然可净化计都的满身怨气。可是，如何让计都乖乖留在原地让青莲净化呢？”

苏楠不知道，只好摇头。

莲见笑道：“大多数青莲君选了同归于尽的办法，用本体困住计都，一同化为天地灵气。”

“剩下的呢？”她好奇起来，“用了什么特别的办法？”

“唯有一任，用的是契约。”莲见道，“也就是你所研究的誓言。誓言成立需要三个必备的条件，一是誓言者，二是代价，三是见证人。”

苏楠若有所思起来。

“誓言者自在，见证人可是父母、师长朋友、子女亲眷。”莲见依然在笑，但却越来越冷，“可若要降服计都这般的，以亲族作见证还不够分量。”

她偏头：“那要用什么见证？”

“以天地为证。天地万物，无所不在，无所不能。”

苏楠被他笑得头皮有点发麻，胎记灼烫，道：“有见证人，也有誓言双方了，那代价是什么？”

莲见举起食指封在唇上：“这便是秘密了，封在藏书楼九十九层中，不对外公开。”

苏楠被勾起了好奇心，心里痒得不行。

莲见却起身道："我接下来该去上晚课了，去迟了，学生们该造反。"

这是要送客。

苏楠不死心，终于问了出来："莲见，你可是书中的青莲君？"

莲见隐晦一笑，不答。

她只好起身，追了一句："你可有办法搞定我脸上的胎记？"

"可。但时间实在不凑巧，不如等下次？"

## 04 莲见的套路

苏楠得了莲见一个明示，兴奋得全身发抖。胎记跟了她二十四年，不管后面隐藏了什么，总归是有点儿眉目了。

她去藏书楼，将《列妖传》剩下几本借出来。

老松登记的时候，她道："莲见真是个好人，他说有办法弄掉我的胎记。"

老松准备盖章的手顿住了，好人？莲见是好人？真是新鲜！更新鲜的是，居然是苏楠认为莲见是好人！他只觉这八卦比天大，准备下班了找人唠嗑去。

"真的。"苏楠道，"我本来已经没带希望了。"

"是吗？"老松勉强，"那恭喜了。"

苏楠开心："太高兴了，有空的时候请你吃饭。"

老松哪儿敢吃她的饭，连连拒绝。

苏楠不疑有它，第二天又抱着书去敲青莲君的门。

这次的门却未开，她以为来错了时间，便站在池塘边等了会儿。

莲花池的荷苞又长大了一点点，显出一抹天青色，被清水和红鲤衬得越发雅致了。

从日出等到日落，半个莲见都没看到。苏楠扑空一次便学乖了，跑去教务处要了莲见的课程表，看准了他某个上课的日子，去教室外等着。可教室里亦空荡荡的，一个人也没有。

苏楠扑空了好几回，隐约感觉被耍了。

日子一天天往后过，论文资料一本没找到。

苏楠实在耐不住，只好抓着老松求助。老松看着和善，却坚定地拒绝了她。

“为什么？”她着急了。

“他既不愿见你，自然有他的理由，外人不好插手。”老松叹了口气，“修道讲因果，天道不会无端断了因果的。”

她听得一知半解，抓住他问：“什么意思？哪儿来的因果？难道我上辈子和莲见有恩怨，他这会儿来报仇？”

老松欲挣扎但架不住苏楠的追问，只好道：“莲先生是咱们学馆四凶之一，我可不敢惹，也没什么好说的。”

“莲先生是正派青莲君，怎么会跟我一个凡人过不去？上辈子的事情，找这辈子的我报仇，我太冤枉了吧？”

老松陷入呆滞，定定地看着她：“你说莲先生是青莲君？”

“不然呢？”

老松很无奈了，喃喃自语什么疯了之类的鬼话。

苏楠丧气地踏上回程的云舟，怪不得她只申请了七次就通过了，原来如此，天上掉下来的馅饼，果然是有毒的。

多年前那小道士就很可疑，指不定就是莲见安排了主动引她上山的。

云舟抵达山口，远远瞧见空中落下来一艘楼船，站在船头的不是莲见又是谁?

她急忙叫停云舟，飞奔下去。

“莲见——”她大叫。

莲见装出诧异的样子：“你怎么来了？”

苏楠累得说不出话来，可看见他漂亮的脸就骂不出来了。她道：“上次咱们还没聊完。”

“抱歉。”他两手拱在宽袍大袖中，“临时带学生出门野练。”

一点抱歉的意思也没有。

苏楠的胎记和论文两大命门被捏着，不敢计较：“接下来有时间吗?咱们聊聊呀？”

“那得看聊什么？”莲见不疾不徐。

苏楠刚要回答，他却道：“仔细想想，聊什么决定了我有没有时间。”

她看着他，这是什么意思?

苏楠脑子转得飞快，若自己真是被莲见弄过来的，那日聊天的内容便相当重要。他都说了些什么?《太古记》的内容无关，《莲记》很有些意思，可他主动提及的却是契约！关于计都?

她活生生打了个寒战，她是计都?

苏楠不敢再想下去，只好道："咱们还是接着聊胎记的事，不都约好了吗？"

莲见狭长的眼缝里一道流光闪过，深吸一口气，最终慢慢吐出来："苏楠，是你主动求着我的，对吧？"

苏楠想点头来着，但本能感觉不妙，骨子里有种逃跑的冲动。她转身想要跑，可鸿蒙学馆是什么地方？访学是很正经的事情，若是什么都没办成就跑掉，下半辈子恐怕再无入门的机会。

她思虑再三，只好强行压下那点儿恐慌，点了点头。

莲见又笑了，春风般和煦起来："你跟我来书楼，一起入命轮。"

苏楠看着他那笑，心知被套路，却又无可奈何。

## 05 一个誓言

天地玄黄，宇宙洪荒。

神州东南一隅，有国名禄。国中多铜矿，为天子造币及刀兵。诸国笼络之，妄图以换取铜矿。禄国君为天子兄弟，乃拒。诸国便设了三计离间，天子听信谗言，召禄国君入都。国君被囚，公子良监国。天子御史降临，查获公子良私造刀兵，织龙服，意欲谋反。天子下诏，诸国出兵讨伐，公子百口莫辩。百万雄兵屠戮禄国，公子带领国人抵抗，被逼至水边。

公子不欲投降，遣散众人，唯有一姬名蔓愿共生死。该姬孕七月，有巫者言腹中必是一位小公子。

公子悲愤欲绝，上指天，下指地，以自身性命及禄国数万冤魂发下誓言，召妖魔计都出世。令计都灭诸国，惩天子，必要天下化为一片血海。

公子指着蔓姬腹道："此子，即是计都。"

誓毕，大地震颤，水天赤红，无数瘴气将追兵吞没后冲入蔓姬腹中。

计都降世，天下大乱。

二十载征战，血流漂橹，杀气直冲霄斗。

昆仑山，五莲池。

碧水真君对着池中青莲道："这回该你了，去应劫，把计都搞定。"

"不要。"青莲花苞张开，莲台里一个小圆脸的青莲君跳起来，"糟老头子，少打我主意。"

"你几个师兄弟、师姐妹都去了——"

"全被你骗去送死啦？别以为我不知道，以前的青莲君们全死翘翘了。"

"为天下苍生计——"

青莲君背过身去："我活得好好的，干吗送死？托生成青莲才倒霉，除了同归于尽就想不到好办法吗？天命不该这样欺负人吧？"

"主要是以前的青莲都比较蠢，你这么聪明，肯定有办法的。"碧水真君讨好道，"你去，我的法宝随你挑。"

"真的？"青莲君两眼精光大冒，"计都凶狠恶毒得很，我需要一个护身的好宝贝。师傅，你那个傀儡看起来很好用——"

碧水真君原为三千弱水，得道后可化身万千。他的一个傀儡，乃是一个化身，可以以契约的方式，绑给青莲使用。他思虑再三，又看青莲一派天真的样子，确实比不上计都老谋深算，便同意了。

青莲君收拾行李下山，碧水真君随口问了一句："此去净化计都，你准备如何做？"

她遥望天边红日，惆怅道："活着是多好的事情，干吗要同归于尽呢？我想来想去，唯有一计可行。"

"何计？"

"美人计。"

碧水真君一个趔趄，这是什么玩意？那肥嘟嘟的小脸蛋还想使美人计？

青莲君嘿嘿一笑，将傀儡往自己身上一套，变出个婀娜的美人来。她冲碧水真君眨眼："师傅，我美吗？"

碧水真君气道："乖徒儿，咱们昆仑是正派，不好搞美人计这种不要脸的手段——"

她懒得理他，飘然下山，徒留一个小小的莲房在池水中荡漾。

青莲君入禄国，一路饿殍，满目疮痍。她打着碧水真君弟子的名号，言说有一计献给计都，必定将周边还剩下的几个诸侯国杀得片甲不留。招摇撞骗数月，青莲君在禄国中闯出一片"好"名声。

计都果然召她入殿，问是何计。

青莲君抬头，见计都生得白面如玉，双目如星。他犯下了漫天的杀孽，却像初生的灵童，干净得很。

她马上靠过去："碧水真君被你父母的冤情感动了，觉得要是不帮你就是老天没眼。他给我一个大宝贝，让我帮你把天子弄死。”

计都盯着她，一声不吭。

她觉得不给力，又加码道：“别看我这样普通，修为很不错的。要不咱们结个婚试试？你是计都，我是修士，定能生个灵童出来。灵童有天命的，不比天子差，还愁夺不了天子的天命？只要夺了天子天命，何愁不能一统天下？”

计都皱眉，似乎十分嫌弃。

她就不懂了，自己身上套的傀儡美得惨绝人寰，他有何不满？

“你要不信，马上洞房也是可以的。”反正是傀儡的身体，影响不到她。

计都冷笑一声，捏着她的后颈，驾云去了方国。

方国紧邻禄国，一向眼馋禄国的铜矿。

计都站在高山上，指着下方巍峨的方国王城道：“你要投诚，不如先献一城？”

青莲君腹诽，真不好糊弄，哪儿有用灭国做投名状的？她要有这本事，早立地飞升了，又何必苦巴巴地来讨好？

她好声好气道：“我有一妙计作投名状，如何？”

计都似笑非笑地看着她，身后滔天的血气和黑气，遮了半边天。

青莲君看得心惊胆战，她才化成人身几年，哪儿能降服这般强大的计都？她咬牙，一把将傀儡一扯，露出少女身形来：“计都，讲老实话，我是青莲。你，晓得青莲是干啥的吧？”

计都眯了眯眼，伸手捏着她下巴，凑近了嗅嗅，一丝莲香差点化掉了他眉间的郁气。

果然是青莲。

青莲和计都是一对冤家，但凡计都降世，青莲总会出世，纠缠得没完没了。

“我刚出世没几年，好日子还没过够，师傅就让我来净化你。”青莲君一脸苦闷，“咱们实力对比这么明显，肯定是你先弄死我。我不想死，就想了个办法，确实是妙计。”

他手掐青莲脖颈，将她按在城墙上。

她两手抓着他手腕：“千万冷静，死我一个没问题，问题是后面还有千千万万的青莲君。你不如缓缓，听我一言，干脆彻底解决问题，如何？”

“讲。”

青莲君嘘出一口气，抹着冷汗道：“昆仑那帮上人，拿天命说事，把你我当棋子一般安排。我心中不忿，便想了一计，只说你被我美色所惑——”

计都冷笑一声，青莲君忙道：“计策，都是计策。名为美人计，实则反间计。我说我要结婚，请他们吃酒，然后在洞房用莲房困住你，他们肯定会来的。其实呢，咱们在婚礼上弄醉仙酒，把来的人全剿了。你意下如何？”

计都陷入了沉思，似有些动摇。

她趁机道：“这乱世又不是咱们弄起来的，跟我们屁关系没有，乱就乱了，将那些昆仑上人一锅烩了，联合起来逆天改命，你意下如何？”

计都将她放下来，背手看着下方的都城。

突然，他轻笑一声，背后黑气冲出来，冲着都城而去。片刻工夫，方国都城惨叫声乍起，瘟神和煞神大肆收割生命。

青莲君看得脸发白，眼睛几乎要凸出来了。这计都居然厉害到举手之间灭一国了？天子近亲血脉魔化而成，果然远超以前那些。

计都转头看她，青莲君艰难地笑笑，冲他伸出一个大拇指。

计都掸了掸衣袖上并不存在的灰尘："青莲君果然好妙计，一日之内便助我灭了方国，合该是我禄国王后。给天下神仙真人送请帖，择吉日成婚——"

事情闹大了！

青莲君被关在禄国王宫，不被允许出去半步。

计都当面写了几百封请帖，着人一一送出去。

她有些忐忑，便整日混在计都身边。出乎她的预料，这妖魔有些颠覆认知，工作相当勤勉。他日日三更起床，早朝处理政事。

国事无聊，青莲君便窝在他旁边吃果子。她本就是灵物，喜欢轻清之气，讨厌污浊之气，偏禄国被血污过，果子不好吃。她咬一口李子，吐出去；再咬一口桃儿，再吐。吐来吐去，几乎无可吃之物。

她丧气："吃不好喝不好睡不好，活着有什么意思？"

计都在批奏折，头也不抬。

她不服气，一脚蹬过去，他让开，她厚脸蹭过去。他一甩笔上的墨汁，全溅她脸上了；她手背横抹，整张脸黑了，他却笑了。青莲君毕竟年幼，干脆躺地上打滚起来，闹得书房不得安宁。大臣和侍者默默不语地退出去。青莲君还无所察觉，被计都一把拽起来，打了屁股。

青莲君，世间独一无二的宝莲，居然被打屁股了。

她躲到偏殿去哭，心想着一定要报仇。

可计都早摸清她的性子，等她哭够了才敲门："今儿有商人进宫献宝，是五莲池那边的果子。你吃是不吃？不吃我让人拿去喂猪。"

青莲君立马开门："计都你个浑蛋，那么好的东西能喂猪吗？"

计都冷着脸把篮子给她嫌弃道："这不就是在喂猪？"

青莲君小日子过得逍遥极了，若不是有礼物纷纷来恭贺新婚，几乎感觉不到什么不妥。

大婚将至，三界的仙人们都来了。

至于碧水真君，当然是亲自跑一趟了。

大事！要打起来了！

"青莲君，喝一杯，提前庆贺咱们诛仙顺利。"婚礼前一晚，计都拎了一罐酒来。

青莲君有点迟疑，喝酒误事怎么办？要是酒水里有问题怎么办？可计都瞧着她，一副果然你不敢的样子，可不能被瞧不起了，她豁出去了，一壶又一壶，却怎么喝都没喝醉。

青莲君用力拍了拍计都肩膀："兄弟仗义啊，一点也不怀疑我。"

计都冲她笑，像雪地里开出的花一般。

她眨眨眼："你这样笑，是犯规的。"

"为何？"他问。

"笑得太好看，就是勾引我了。告诉你，我这人没节操的。"她笑，抓着他的手，低头在他手背上亲了一下，“你看，马上就中计了。”

“若非你身上有莲香，我断不相信青莲君是你这样不要脸的。”计都道。

“不要脸？”青莲君趁着酒意，邪念一起，再也不遮掩自己，捧着他的头把唇贴了上去。

计都恼了，一把推开她。没留力，墙壁上撞出来一个大洞。青莲君艰难地从废墟里爬起来，醉醺醺道：“谁不要脸啦？咱们都要成亲了，亲一个咋啦？”

计都面若冰霜，凌然不可侵犯的模样在青莲君视线里越来越模糊。他的口张张合合，似乎在说：“你太碍事了，且睡一天吧。”

青莲君努力摇头，还是断片了。

枉她信他，结果还是给她上的醉仙酒。

何止是醉仙酒？计都抬手看了看小指上浅浅的伤口，还有他的几滴血。

青莲君醒来，被捆在宫殿的柱子上。

对面一个困仙阵，计都端坐其中，似乎被困住了。

她有点蒙，不明白发生了什么。应是计都把她弄醉，可为什么他又被困住了？

没等她想弄明白，宫殿门开，碧水真君领着一群修士站外面。

碧水真君人模人样，摸出一个什么帖子来宣读，大约是计都的九十九条罪状。宣读完毕，最终决议要带计都上昆仑，入莲房净化。

青莲君看看殿外的师傅，再看看阵中沉默不语却没有一点慌乱的计都。不对劲吧？这人一举手就灭了方国，怎么可能如此简单就束手就擒？

“我的乖徒儿——”碧水真君进殿，慈爱地端详她，“幸好为师不放心，提前一天来，不然你就糟糕了。”

青莲君没吭声，用眼睛问计都，到底怎么了？

计都勾了勾唇，偏开头。

有阴谋。

师傅那老头子上头了，计都怎么可能这么好对付？

碧水真君见她不回话，上前解开绳索，关切道：“被吓坏了吧？放心，只要他入了你的莲房，就算功德圆满。”

圆满个屁，是她的死期也到了。

青莲君二话没说，扯开绳索站起来，手伸到怀中抠了抠。一把荷剑，剑光闪耀，当胸插入碧水真君怀中，血喷了她满脸。碧水真君整个人僵住，手颤抖地指着她，半天说不出一句话。青莲君一手伸过去，将碧水真君腰间的包袱扯开，把困仙阵的阵盘打散，并高声喊道：“计都，快走！”

计都吃惊地看她一眼，随即反应过来，阵破的一瞬间扬起漫天的黑气，裹挟着青莲君冲破屋顶。

碧水真君的嘶吼远远传来：“你居然敢弑师？我绝对不原谅你——”

不原谅就不原谅呗，死老头，小娘子要去干大事了。

青莲君救了计都，以救命恩人自居。

她心安理得地坐在计都肩膀上，被他背着往北方走。出禄国，一路向北，直奔天子之都而去。

身后全是各路追兵。

可计都一点也不担心，晓行夜宿，偶尔遇上一队修士，抬手就能打得人家七零八落。

“所以，你是故意被我师傅困住的吧？”青莲君不满，“临时改主意了，你咋就不通知一声？害得我浪费了一根荷剑。你晓得修炼出来一枝要多长时间吗？你赔我！”

计都盘坐在山石上，就那样看着她，她戳他：“你干吗瞪我？”

“你为什么要放了我？”

“不是显而易见的吗？”青莲君叹气，“莲房是我真身，一旦把你关进去了，用我的本命真元来净化你满身戾气，最后统统化成天地正气。那就是没命了，懂不懂？紧要关头，还不跑？等死吗？”

计都沉默地看着她，双目中的墨色如同旋涡一般。良久，他道：“你坏了我的事。”

青莲君故作惊讶地看他，他平静地说：“你说你我不过是天命的棋子，我觉得很有道理。灭天子稍显小气了，只剿掉你师尊也还不够。得上昆仑，断三清道尊才是彻底。你觉得呢？”

青莲君瞪眼，乖乖，她不过胡说八道一回，居然被发挥成这样？这浑蛋从头到尾就没信过她，假意与她结婚，故意透露诛仙阵，又故意落入碧水真君的圈套，只等着上昆仑的时候众仙围观，趁机全灭。

青莲活生生打了个寒战，如不是自己果断出手，天下道统便要完蛋。

她勉强道：“我果然没你想得深远，实在很对不起，坏了你的大事。”

计都满意地点头，狂风吹得他长发蛇舞，天地间的魔气又浓厚了一分。他道："无妨，有的是机会。我欲逆天，青莲君可还敢与我生个夺天命的灵童？"

青莲君不敢不答应，扯出一个笑来。

计都一手将她拎起来，主动咬住了她的唇。

青莲君也不拘束，干脆放开了和计都享受起来。毕竟玩儿的是美人计，哪能不献身呢？

这一玩耍，才晓得什么叫欲罢不能。计都那脸，那大长腿，那腰，简直无与伦比。特别是他虽然也挺喜欢亲热，但十分克制，仿佛一个老道学。青莲君偏放肆起来，逗得他好几回差点失态，显出漫天的黑气。

计都数次将她从自己身上扯开："昆仑山的宝莲，怎么这般不要脸？"

青莲君便笑嘻嘻地回嘴："万丈红尘的计都，偏是个老道学了？"

越发亲近。

这一亲近，青莲君发现计都一些不同寻常之处。他路遇老者，会扶人家一程；恰逢迷路的山间童子，会领着人归家；碰上要病死的小儿，随手丢下一把药材。可碰上不要脸的恶人，他就一挥手，将人活埋。

好的时候是圣人，坏的时候是计都。

便如同人，既可修成金仙，又能堕成恶鬼。

每次祸害人了，计都都会抓着青莲君"无法无天"起来。

青莲君拍他背："这不是你的错，只不过老天爷不公平，非要把天下的罪恶集在你身上，要你来担。等咱们毁了三清，把九重天扯得稀巴烂，就没事了。”

每次这般说，计都都会看着她，黑眼里的旋涡越发深沉。

青莲君心里犯嘀咕，他看她的样子，好像真的喜欢上她了。

可昆仑山的宝莲和魔物搅和在一起，是天下的大丑闻。加上碧水真君的死讯传来，昆仑放出飞鸢昭告天下，下格杀勿论的令。

“老头子居然死了？”青莲君很不相信。

计都冷笑几声，带着她直上王城，先杀天子再说。

王城中早有修士把守，两人还未来得及叩开城门，身后的追兵又至。

计都刚要张开瘴气，一柄雪亮的剑划开天际黑幕而来。

青莲君心惊胆战：“居然把剑仙都请出来了。至于吗？”

至于的。

所有人都知道一个事实，计都是杀不死的，可青莲君能。现青莲君被计都迷惑，只有先除了她，避免计都势大。

青莲君吓得屁滚尿流，惊声道：“计都，救我——”

计都正要和那些修士开战，略有些疑惑。青莲君要哭了：“他们杀不死你，可是能杀死我呀。剑仙克我，我要死了！”

计都色变，卷起漫天的黑气，可这次却晚了一秒钟，那飞剑直接掠过青莲的胸腹，开出一条大口子来。计都咆哮一声，黑烟里无数瘴鬼和瘟神冒头，将都城围得死死的。

趁剑仙和修士们混乱，他抱起青莲君就走。

青莲君感觉生命在流失，身体里的轻清二气奔涌而出。

计都见状不妙，调自己的力量去堵伤口，可两人天生相克，眼见得伤口更恐怖起来。

“怎么才能救你？”计都两眼绯红。

青莲君摇头：“没用，刚生下来的时候，昆仑那些浑蛋说我是宝莲；这会儿还没逍遥人间多久，居然让剑仙来杀我。不就是插了我师傅一剑吗？不就是不想死吗？我师傅是碧水真君，肯定死不了的。他们套路我——”

话没说完，她挣扎着半起身：“计都，我不甘心。人世间那么多好吃好玩的我都没享受过，你一定要帮我全享受了。”

计都垂眸：“你自己去。”

“死了怎么去？”青莲君开始耍无赖，“这点小要求都不答应？亏人家这么喜欢你，呜呜，你个坏蛋，一点也不喜欢我。”说完，喷出一口血，染得胸口衣服一片赤红。

“别说了。”他抱起她，全身都在颤抖。

“那你说你喜欢我。”她抓着他领口，凶巴巴道，“我不想一个人死，你要陪着我，抱着我，还要说喜欢我。”

计都恶狠狠地看着她，一声不吭。

她原本气势汹汹，随着生命力流失，便撑不住了。

“哎，这世间多美。”她眯起眼睛看他，“计都，你多好看，我好舍不得你。”

计都将头俯在她胸口，轻声道：“你不能死。你若死了——”他声音逐渐提高，“我必让这天下成浩荡血海，我必要这神州生灵涂炭。我乃天子血脉，国君之孙。我身负计都的天命，只要是我发下的誓言，一定会成真。”

青莲君惊了，挣扎着最后一口气：“你——”

别呀，计都本来就是大凶了，再发凶誓，她真的一不小心死了怎么搞？然而阻止已经来不及，只能眼睁睁看着他居然跪下去，一手指天一手撑地。

誓毕，计都身后的滚滚黑气直冲云霄，所过之处鬼哭狼嚎。

这方异变惊动昆仑，立刻有几位真君降临。众人见山巅被一片污浊之气环绕，群草倒伏，群山震颤，心下大惊。

计都抱着青莲君，从黑气中走出来：“我要她活，可有办法？”

众人面面相觑，纷纷掐指去算未来，最终勉强点头。

青莲君撑着一口气，被送回五莲池。

池中水清冽，一枝残荷挺在水中，花苞颓败，只有荷叶还剩一点残绿。那莲房，耷拉着缩在荷叶下方，比青莲君还要凄惨的样子。

“将她的身体放入莲房中温养。”一位师叔指点道，“青莲乃是天生灵物，只要不被持续伤害，总是能养得好。只是——”

“只是什么？”

师叔道：“养的时间有点长，起码得上千年。”

“无妨。”计都咧嘴一笑，阴森森道，“我便为祸人间千年，直到她再来找我。”

说完，他将青莲君交给师叔，道：“你去将她放好。”

计都终究是计都，决计不肯入莲房。

青莲君半死不活地看着他，冲他伸出手去。计都十分不舍，终究还是伸出了自己的右手。青莲君紧紧抓着他，含泪地望着他。

他安慰道："别怕，醒过来就能再见我了。"

青莲君点点头，却没放开手。

计都只当她不舍，也没放开。

时间慢慢过去，计都不得不放的时候，却发现怎么也放不了了。他皱眉，略一用力，手却仿佛长在一起。

青莲君却收了眼泪，冲他笑了一下："计都，总算把你骗进来了。"

计都心生不妙，待要后退，只见身边落下团团青碧色仙雾。青莲君和他相握的手处，居然生出一个和她一模一样的人来。那人抬手，从青碧色的仙雾中内拖出无数的荷剑和花苞，纠纠缠缠成一大团，立刻没入他的身体不见。

他两手抵挡，荷叶疯长，荷剑抽枝，开出一朵青色的九瓣莲，将他包得结结实实。

原来那池中萎靡之物根本不是莲房，这九瓣莲才是真正的莲房。

青莲君落地，很好心地劝说："别费力气了，被莲房关住的计都可动不了。"

计都双目喷火："你骗我。"

她拍拍手："没办法，咱用的美人计呀。不过你放心，我这个人怕死得很，肯定不想和你一起死的。剑仙扎我那一剑真是痛死，不过幸好问师傅要了个傀儡，伤处的血肉便将它养起来了。现在呢，它吃了我一半的血肉，就相当于是我，也能接了我的天命，更可以代我把你跟莲房捆在一起。自此，我算是偷出一条命来。”

计都暴怒，前所未有的戾气奔涌而出，却被九瓣莲困得结结实实。

青莲君拱手：“不好意思，我要走啦。大好河山，那么多好吃好玩的还等着我呢。计都君，今生不见，也没有来世。”

计都一字一顿：“你说过的话，都是假的？”

青莲君看看周围，几位道貌岸然的师叔伯满脸不忍。

她辩解道：“你仔细想想，我说的可都是真话，怎么能是骗呢？我真挺喜欢你的，结婚也不错。不过谁让你是计都？我这人虽吊儿郎当，但其实正派得很，肯定不愿天下遭殃的。没办法啊，只好委屈你了。你不是挺喜欢我的吗？既然都愿意为我把浩荡神州变地狱，那为了我去死，也是极容易的——”

“劣徒。”碧水真君在外面大骂起来，“你个脸厚心黑的浑蛋，你把人家计都抓住了，就别诛心了，行吗？”

老家伙，果然是没死的。

青莲君沉静下来，半晌才道：“计都君，自见你后，青莲无一谎言。我想活，不满天命，确实也想砸了那偏心的老天爷。可莲花清静，做不出来恶，只好偷天换命。此般种种，为天道，也是为自己，只真正对不起你。我欠你的，今生无法偿还，恐也再无来世。”

说完，她拱一拱手，扬长而去。

计都被气得化为滔滔黑气，他为天下所不容，也不容于天下，唯一付出的真心，却被弃之如敝屣。

九瓣莲被撞得震颤，整个五莲池也颤抖起来。

那师叔不忍心，提点一句："计都君，抱心守性，心气平和，感天地之善念，化心中之怨气。你只要不犯病，莲房便无法奈何你。可你若无法冷静，早晚被莲房化尽，岂不如了青莲君的意？"

黑气安顿下来，逐渐恢复人身。计都的脸从黑气中凸出，两眼直盯着师叔："化了胸中不平之气，可逆天改命？"

逆天改命？师叔只想安慰一番，哪儿敢怂恿人逆天？他不回答，赶紧缩头。

"青莲君用傀儡半身启动莲房，当真能困得住我？"

师叔脸白唇青，吓得半死。

计都冷笑一声："那日让青莲君喝的醉仙酒中，有我的血。本只想在她灵魂里做个标记，以防万一。青莲君既能逆天改命，难道我不如她？只要那标记在，终归找得到！"

师叔浑身一抖，青莲君怕是生生世世都躲不开计都的追逐了。

"皇天后土，从未厚待我。"计都高声，"我父要我报仇，我母要我听从父亲的教诲，天下人要我死，老天爷也要我死。连她，居然也要我死——"

黑气收敛，入了计都的身体。

风停了，云也静了。

他缓缓道："我偏不死，老天能奈我何？！"

师叔吓得一个趔趄，飞奔着出去："师兄，这计都恐怕有异。"

碧水真君在外面，早发现异常，盯着天上发呆。

师叔连叫几声，也跟着抬头，才看见半天上居然开出巨大天门。

计都要逆天，天门居然开了？

碧水真君咬牙切齿骂道："那青莲君哄了我的傀儡，又用自己的血养着，然后绑到计都身体里去。我怎么也没想到她能想出这办法。计都当真能沉下心来，炼化青莲宝血和我的弱水傀儡，都能升仙了。那浑蛋，居然闯了祸拍屁股就跑！"

伴随着誓言和咒骂，天门洞开，接了计都的挑战。

青莲君踉跄下山，却见漫天金光洒遍昆仑。

她仰头，定定地看了半天上的天门许久，直到金光散去，一切重归正常，才又继续下山。

昆仑之大，不知几万里也。

青莲君失了一半血肉，无法施展仙法，只能靠双足在荒山中行走。

计都被困，天下的魔气和戾气没了着落，飘散着淡了许多。

她先去了极东之地，遥看日出；又去极南，面朝大海；极西的火焰山，烤焦了她一层皮；极北的万载寒冰，照出她瘦得不成人形的样子。

人间多欢乐，可她却再没找到可乐之事。

那日，路过一户人家，家中产妇难产，可胎儿已死在腹中。

亲眷号哭悲呼，产妇几乎没了呼吸。

青莲君在门外站了许久，仿佛有计都君的声音在耳边。

“青莲君，你可愿和我生一灵童逆天改命？”

“青莲君若不能活，我要浩荡神州——”

她苦笑一声，都说红尘中万种乐事，可她一株世外宝莲，红尘飘荡，竟一丝可乐之事都未寻到。

这么一想，眼中竟流出血泪来。

罢了罢了，那日虽在计都面前叫嚣得理直气壮，但到底是担上了一段孽缘，便去做个人身偿还所欠的孽债吧。

言尽于此，青莲君便扑到了产妇腹中。

世间沧桑，数千载弹指而过。

青莲君转世为人，无数次投胎，灵台逐渐模糊，她已忘却前尘过往，只是身上的胎记一世比一世明显，仿佛是血痕在默默控诉。

二十五年前，五莲池峰上，青莲居内一阵响动。

昆仑山震动，无数人出洞围观，却见屋内走出一翩翩君子。

自那日起，世间少了计都，却多了莲见。

苏楠猛然睁开眼睛，从命轮中坐起来，半晌回不了神。

所以，她是那个不要脸的青莲君？莲见才是那个被骗得失身又失心的计都君？

老天爷开玩笑的吧？她区区一个凡夫俗女，怎么扛得住计都的报复？哼！青莲君自己玩得开开心心，为什么要来坑她？她什么都不知道。

苏楠哀号着，脑袋用力撞在命轮上。

一双明媚的眼睛出现在她视线内，发现她的凝视后，微微眯起。

是莲见。

这就有点尴尬了。

苏楠讷讷地坐起来，该怎么打招呼呢？嗨，你这几千年还好吗？其实我都失忆了，要不就当没发生过？

想法太多，一时间无可奈何。

莲见笑了，缓缓道："青莲君，在人间玩得可开心？"

开心，开心得很，要是你这边不寻仇，就更开心了。

"我一点也不开心。"他伸手，沿着她胎记的边缘轻轻触碰。他留在她身上的记号，忠诚地反馈着她的点滴，"你每一次转世，我都能看到。你高兴，我陪着你笑；你伤心，我陪着你流泪。我知晓你的每一天每一分每一秒，我看着你每一世多忘记我一点，再看着你死了无数次。而你，却对我一无所知。"

苏楠一动也不能动，心里却涌上一阵怀念。

人间正道和儿女情长，她选择了正道，辜负了儿女情长。

她不愿再上昆仑，只是不想听见不好的消息，沉沦在转世中只为忘记曾经喜欢过那样一个少年。

莲见凑近了，盯着她看。

她无措地垂头，很是心虚。

"你逃到人间，无数次入轮回，不就是为了忘记计都？"他眉目清冷，"我断不会让你如意的，所以跟老天爷立下一个誓言。计都死，莲见生，换你生生世世忘不了他，离不开他。老天已经见证，我也交付了代价，现在只缺立下誓言的双方。你，可愿意同我共誓？”

苏楠定定地看着她，突然眼泪滂沱。

莲见直起身体，手指勾了勾，苏楠的胎记化为血雾，露出一张熟悉的圆脸来。

他微微一笑：“青莲君，吾在昆仑等你，已有三千七百余年。”

END

# 我的掌门召唤师果然有问题

ZHANGMEN

文/奶酪君

间歇性文思泉涌，持续性揭不开锅，
微博 @ 圆滚滚的奶酪君

01

老话说得好，善有善报恶有恶报，不是不报时候未到，我做魔教大护法那些年不止一个人临死前对我说我以后会下地狱的。

当时我并不在乎，人死后，眼睛一闭，金丹一碎，身形俱灭还管它身后洪水滔天吗?

可我万万没想到，这些人竟一语成谶。

我，堂堂魔教大护法，杀人无形的镜水月，死后居然真的……

“这是地狱? ”我问站在我身边那个呆头呆脑的青年，“你是谁? ”

“前辈好! ”青年有些慌张，“这是两仪宗灵山之巅，在下是两仪宗第 137 任宗主谢青衍，冒昧打扰前辈清净。”

哦，不是地狱?

我环顾附近，山高水清、灵气充沛，一派仙境模样，的确距离想象中的地狱差个十万百千里，我运功想飞到高处俯瞰检查环境，却发现自己挪动不了身体。

我预感不好，低头一看。

脚下的法阵是以仙人之血为筑，八方宝物为印，天地灵气为引铺开的大召唤阵，用来召唤辅灵之用。被召唤的辅灵灵力强大还带有生前记忆，与召唤者灵魂绑定且不能背叛，对于召唤者来说既是良师也是益友，还是最佳打手。

这种规模的召唤阵在我活着的那会儿都要举大门派千年之力才能铺就一次，而且只会给门派之尊使用，从前期准备到后期召唤容不得半点差错，八方宝物需得与辅灵身份相合才能召唤出指定辅灵，宝物错漏了一点点，召唤出的辅灵便会出错。

等等，这倒霉孩子用了什么宝物把我召唤出来的？

我现在是只能听从召唤师命令的辅灵！

我火从心中起，只想活剐了这个自称谢青衍的家伙。

当事人却在原地翻看起《辅灵宝典》企图找出我的名讳称号。

“敢问前辈是不是，燎原之火火神花不败？”

“呵。”

“敢问前辈是不是，凤凰之鸣羽后花不落？”

“呵。”

“敢问前辈是不是，万木之源树影花不开？”

“呵。”

“敢问前辈是不是……”

“别翻了，你翻遍那本破书也翻不到老娘的名讳的。”我狰狞一笑，

“实话告诉你，我乃魔教大护法。”

“……嗯？”谢青衍似乎被我吓到了，“前辈说笑了，我宗乃正派第一宗，所寻之宝物也都来自仙界名门正派镇宗之宝，不会有错。”

什么破宝物？我不耐烦地看着大阵中的八件宝物。

“此乃红莲坊坊主所借之宝，燎原之火火神花不败留下的不灭之火，燎火石，石上之火从百年前到现在燃烧不灭。”谢青衍指着第一件宝物。

“哈？”我看着青年捧在手里的破石头嫌弃道，“这不就是个生火器吗？机关在石头底下，你按按就能关。”

谢青衍一愣，灵气护手探入石头底部，还真有个小开关。

“啪”，开关一按，火苗熄灭了。

“敢问前辈如何识得此宝？”谢青衍疑惑却恭敬地问。

“什么识得不识得，这小玩意就是我做的，用来野外生火而已。”

谢青衍面色一僵。

“那前辈看看这件？此乃圣天亭亭主所借之宝，凤凰之鸣羽后花不落留下的鸣羽，输入灵力掸三下即可发出凤凰鸣叫声，喝退妖物、阻止魔族。”

“嗯？”我看了一眼被吹得神乎其神的羽毛，再次嫌弃道，“这就是个羽毛形状的尖叫鸡，除了高声尖叫别的啥也不会。”

“圣天亭云游历练的弟子都说它有喝退妖物、阻止魔族的功效。

“妖物魔族也有耳朵，听到尖叫谁都会下意识后退一步的。”我一脸关爱智障的表情看着谢青衍。

谢青衍表情越发不可置信，他连忙拿出下一件宝物。

“此乃……”

“别此乃了，我都看到了，我做的打火机、我做的尖叫鸡、我做的遇到瘴气就自闭的含羞草，还有我做的居家旅行必备扫地机，都是些什么破玩意怎么都能被你们捡起来当宝贝呢？”

我看向谢青衍，表情同情又可怜，也不知道我死后发生了什么，这些个我听都没听说过的名门正派都赶着捡那些年我随手做的破烂当宝，还指望破烂能召唤神仙，这些玩意能召唤出来神仙？那可不就只能召唤出发明破烂的我了吗？！

“你们那些名门正派召唤辅灵做什么？”我不抱希望地问。

“自然是替天行道、斩妖除魔、匡扶正义、维护和平。”谢青衍虽然脸色发青，但还是一脸认真地看着我。

我听得脑壳都疼。

妈呀！这里肯定是地狱。

“你召唤错了！赶紧送我回去！”要不是被法阵定在地上动弹不得，我一定冲上去将那正派小子锁进我的大幻影阵里体验一下什么叫十八层人间地狱。

“前辈勿恼，既来之，则安之！”谢青衍企图安抚我。

“既来之则安之？那你可知为何你门派的书上未曾记载我名？”我狞笑着，摆出自己最恐怖的表情，“我名镜水月，人称‘一梦不醒杀人无形’的幻影鬼术师，还是魔教第一大护法，呵呵，杀人不眨眼吃人不放盐，白天能使生灵涂炭，夜间能治小儿啼哭。”

谢青衍明显被我吓得一个激灵，但还坚持道：“前辈勿妄自菲薄。”

“降妖除魔？斩恶为善？”我虽然不能动他，但搞个幻术把自己变成青面獠牙红眼魔人还是很容易，“你是叫我自己杀我自己？我告诉你，我修魔时间虽不长，杀人越货之事可做了一堆……”

捡了几件我脑海里的故事随口一说，轻轻松松就把谢青衍吓得脸色更青了。

“前……前辈，不是我不放您走，实在是召唤不易，定当珍惜，召唤之事不仅竭尽我两仪宗一宗之能，其他正派也出力不少……即使要退掉辅灵，也需给我宗点时间，同时还需其他宗派认同……”

“说人话。”我不耐烦地打断他。

“这个召唤阵抽干了我两仪宗全部的灵石，钱也基本上花了个干净，八方宝物现在要归还，两仪宗也要继续运转，怎么样也得让我宗账面回本，并且让其他出力的门派也知晓前辈您的事情，以证明我宗没有私吞财物宝物才可以放您回去……”

“钱你们自己赚，想看你叫他们上来看！”

“前辈，”谢青衍苦笑地看着我，“两仪宗已经没有多余的灵石可以用来通信了，只有亲自去别派一一说明情况了。”

我预感要糟。

“顺便一路行侠仗义替宗门回点本钱，前辈您就能回去得更快些。”谢青衍飞快说完这句话，好像只要他说得够快我就打不到他。

我确实打不到他，谁叫我是辅灵，辅灵必然不能背叛自己的召唤师，更别说对自己的召唤师打打杀杀。

“我不，我就站这，哪儿也不去。”

你是召唤师我就要给你面子吗？想得美。既然走不了，我干脆盘腿原地坐下开始休息，辅灵只有灵体没有实体，我待在这就算过上千年也无事。

“那么，失礼了镜前辈。”

法阵红光一闪，我的身体居然不顾我的意识，自己动了！我瞪着谢青衍，他微笑地看着我，额头出现和法阵一般的红光。

他居然用法阵强迫我下山！

什么也别说了。

这鬼地方肯定是地狱。

眼前这个看起来可怜兮兮实际上使唤我使唤得一套套的青年正是阎王。

02

都说天上一日，地上一年。

我不知道我在地底埋了多少年，但估摸着也得有个几百年了，不然怎么现世中居然已经没有几个我认识的名门正派了，而这些名门正派居然也都不认识我。

被两仪宗全宗挥着小手绢欢送出门的时候我恍惚觉得我并不是被要挟出门的邪神妖女，而是个要回娘家探亲的新婚仙人。

不然没法解释为什么他们一个青衣飘飘的仙宗要在山门前铺红地毯，要给我一个辅灵备春夏秋冬的衣装还都是大红色镶金边的那种，一边走路还一边有奏仙乐的弟子在路边吹奏弹唱，各种法器符纸弹药塞满了储存戒指，若不是戒指里不能放熟食活物，他们甚至想备酒备菜给戒指满上。

他们不是没钱吗？两仪宗库存不是都被召唤阵掏空了吗？

这阵仗据说是宗门弟子自掏腰包给谢青衍备齐的。他们难道就不怕谢青衍这个宗主出门，宗派里既没人也没法器被魔族乘虚而入？

“你们仙人都这么心大？不对，缺心眼？”我问谢青衍。

“不怕的，现世安好，魔族和仙人分山而治，划石为界，互不打扰已有百年历史。”谢青衍回答我。

这和我活着那会不太一样，我活着那会仙人和魔族已经杀得难解难分，不知恨从何处起，看到杀就完事了，毕竟你不杀人，人就杀你，无论是仙人还是魔修，面对生和死这两种选择的时候，大家都会选择生。

“分山而治，划石为界？”我飘啊飘跟在谢青衍身后，全凭谢青衍意念挪动，丝毫不费力。

“封魔山，诛仙石，魔族仙人各占一边，互不打扰。”谢青衍说，“前辈知道这两处吗？”

我能不知道吗？当年我在山上大显神威的时候你说不定还是个奶娃娃呢。不过我的确没想到，当年杀得山染鲜红处，如今居然成了和平之路，真真叫我意外。

“哪位高人想出这么个法子？”

想出这么个法子不难，难的是一边要镇住邪魔妖道，一边要说服正派仙道。

“也不是什么高人，”谢青衍耸耸肩，“打服了就这么划下来了。”

一路上果然既没碰到魔族也没碰到妖物，我百无聊赖地跟在谢青衍身后飘，谢大掌门出趟门也没白出，接了不少重赏银钱的任务补贴宗派用。

我那个年代也有这种给钱办事的任务，不外乎杀人越货坑蒙拐骗，风险越高回报越大，现在的任务想来应该会和平点……吧？

现实给了我一大耳刮子。

“镜前辈？”

谢青衍拿着失而复得的药王锦囊小心翼翼地看着我。

我脸颊还泛着红，“哼”一声甩过头不想理他。

“经过大战后的仙人和魔族的等级都普遍上升，打不过不是前辈的错，”谢青衍弯下腰轻声对我说，“是我考虑不周让前辈受惊了。”

呵，好一个考虑不周。

几百年的修行空白让我和现世强者有了不小差距，曾经号称天衣无缝的重重障碍幻术居然被人靠蛮力撞破了出口，要不是谢青衍一瞬千里将人抓回，这个锦囊今天收不收得回来还真说不准。

这一路上，与其说是我辅助谢青衍，更多的根本就是谢青衍帮衬着我，全场谢青衍还脸不红气不喘一副高人模样。

我就不懂了，明明他一个人就可以搞定，干吗非得多此一举非让我来做他打手？

根本就是故意打击报复看我出丑！

无视谢青衍的花式道歉，我眼睛一闭不再看他。

“多谢两仪宗替药师门寻回此物，他日若有用得上药师门的地方，请尽管吩咐。”

谢青衍可以不理，但别人可不能不理，我睁开眼睛，眼前身着蓝衣的姑娘们整齐划一面对我行礼感谢，被人憎恨我是很有经验，被人感谢的经验可真不多见。

“……嗯？没事儿，小事，”我一时不知道该做何反应，下意识望向谢青衍，“都是他出的力，我没做什么。”

谢青衍收敛了自己故作可怜的脸，端着仙人模样一派正气：“前辈谬赞。”

那些个蓝衣女子互相看对方一眼，不知怎的互相凝望之后嬉笑起来，领头的女子手里拿着谢青衍方才夺下的锦囊，用大袖掩住表情，屈膝一礼。

“有劳谢宗主。”

说着便从身后走出一女子，奉上银钱。

“有劳夫人。”

领头的女子朝着我的方向再施一礼。

一声“夫人”如当头惊雷，气得我抬手一巴掌就想扇到谢青衍身上去，却忘了我现在不光打不过他，还要听他号令。

铁青着脸做了一堆好人好事，收到了一堆感谢词，但从药门山到红莲坊的一路上，我都没再和谢青衍说过一句话，我不能控制我自己干啥去，我还不能控制我自己说不说话了？！

“镜前辈，那盗圣来无影去无踪摸盗千年，前辈本就落下百年修为，作为辅灵活动受限，没能困住盗圣实属正常，在下并非故意引前辈出丑。”

呵呵，你编。

“镜前辈，谢某独行多年，前辈相貌如花红衣似火，站在一起被有心人传播绯闻实属正常，并非故意坏前辈名节。”

呵呵，你接着编。

“镜前辈……

“前辈？”

看我真的生气不打算理他，谢青衍站在原地思考几秒，我还以为他马上就要意识到我对他不但无用而且于他名节有损，决定大发慈悲放我去死，没想到他……

“既然前辈不喜欢这个称呼，那么……镜姑娘？

“阿镜？

“镜姐姐。”

我现在怀疑谢青衍就是故意把我从阵中召唤出来，然后再恶意打击报复，想把死去的我弄活了再气死。

我大喊一声不许叫阿镜成功破功，勉强压下怒气，一路消极怠工任由谢青衍用灵气牵引我飘到红莲坊。

红莲坊，坊如其名，建在一汪湖水之上，红色的房廊层层错错依次排开，犹如一朵盛开在湖心的莲花。

那件我随手捣鼓出来的燎火石被谢青衍郑重交给红莲坊弟子，正式还给红莲坊。

“青衍！”红莲坊坊主呼唤着他的名字一路跑来，“怎么样？你的召唤成功了吗？姐姐回来了吗？”

红莲坊的服装上绣着一排金红火苗，层层叠叠甚是好看。

红莲坊主年纪看起来和谢青衍差不多大，听他们俩这熟稔的称呼似乎她和谢青衍十分熟悉，她有些疑惑地望着我。

“这位是？”

“魔教大护法，鬼术秘影镜水月。”我皮笑肉不笑地介绍自己，丝毫不惧自己身份暴露被人湮灭，要是有人愿意把我原地超度，我估计都能大礼叩谢人家。

“尧尧，她就是我召唤出来的辅灵。”谢青衍向名为尧尧的红莲坊主介绍我，顺便也向我介绍她：“这位是红莲坊坊主，冯尧。”

我也不是很在乎什么红莲白莲，但基本礼仪还是要有，于是随手行了个礼。

“什么？！”冯尧一瞬间似乎很生气，但又强忍着没爆发出来，“不可能！我给你的东西绝对不会错，这宝物明明是火神姐姐给我的贴身物，怎，怎会召唤出魔教之人？”

“那个什么花不败？”我回忆起谢青衍报的名字。

“你没资格提她！当年，是你们魔教杀我全家五十口，要不是火神及时救我于水火，还将燎火石给我生火保暖用，我早就……！”冯尧提起痛处泪水盈眶，激动不已。

“……是吗？”好像是有灭口这么一回事，关于这一块的记忆我惊奇地发现自己好像记得不是很清楚，但魔教嘛，不杀人不放火能叫魔教吗？我看不得女孩子哭，伸手过去想递手帕给她，被狠狠一掌拍开。

“别碰我！”冯尧喊道。

“尧尧！”谢青衍沉下脸，“不可对姐姐无礼。”

你看你怎么说话呢？对女孩子这么凶，过会儿不得哭得更厉害？我瞪了谢青衍一眼。

“你怎么能叫她姐姐？你——”冯尧似乎气极，周身都散发出红色灵光，看来这金家一族应是与火有关，那烧不灭的石头就算一直不按下对她也没有损伤，反而能护住她。

虽然不知道是谁拿了我的东西送人，但不得不说送得还挺到位。

谢青衍挡在我身前，似乎怕这火把我直接灰飞烟灭了。

“尧尧！”

谢青衍言语狠厉，一点看不出平时在我身边又皮又可怜的赖皮样。

“我还没来得及对她说声谢谢。”我看不见冯尧的表情，只听见她愤怒却带着哭腔地说，“我只有这个了，我只想见她一面，可她连面都不肯出来见我。”

“尧尧……”谢青衍似乎叹了口气，侧身让开一点让我和冯尧隔着他对望，“你的燎火石是前辈做的。”

“什么？！”

听说自己珍藏的宝贝是个魔教护法做的，我估摸冯尧这坊主要炸，但突然被提到也没什么不好承认的：“呃，虽然你手上那个不是我送的，但这东西确实是我做的。”

冯尧全身发抖也不知道是气得还是吓得，眼眶里又噙满了眼泪。

我说什么来着，我真的看不了人哭，一看到人哭就忍不住要哄。

我这脾气原来是怎么当的魔教大护法？我醒后头一次对我的职业生涯产生了疑问。

“这石头就是我随手做的打火器，你要喜欢我再给你做几个？”

我从行囊里翻出两仪宗塞在包里的玉石，一个火诀放进去，一个运转灵气的小法阵放进去，一个控制灵气总量的小开关装在玉石之下，三两下做好一块递给冯尧。

“别哭了啊，你确定那个火神是在仙魔大战时期出现过的人？叫花不败？我怎么都没听说过？是不是你年纪小听岔了？”

“我没听岔，我怎么会听岔了？”她喃喃道，“花不败就是花不败。”

我使眼色让谢青衍上前，谢青衍木头似的站在原地一动不动，看不得人哭的我只能硬着头皮再次递上手帕，这次她没有把我拍开，不知怎的突然扑上来抱住我，边哭边喊。

“我恨你，我讨厌死你了！”

“好好好知道了，等我烟消云散了让谢青衍第一个告诉你好吧？”

“不准你烟消云散！”

“好好好，不散不散。”

也不知道做了多少石头后终于哄好了红莲坊坊主，坊主留下了我做的石头，红着眼睛把我和谢青衍送走了。

“我说你怎么回事儿？看着人家哭成那样了你都不动一下。”出了门，我才记起来嫌弃谢青衍。

“抱歉，”谢青衍出了人家的门，那点掌门架子瞬间没了，有点傻乎乎地挠头，“但这是您和尧尧的私事，我觉得……”

“什么私事？我又不认识她，说不定我还杀了她全家呢，”我不知怎么的有些烦躁，“你们名门正派果真是正派，看见仇人还能抱着哭。”

“不会的，”谢青衍笑笑，“姐姐不是那样的人。”

抱歉，姐姐我说不定还真是那样的魔。

“姐姐和我说话了？是不是不生气了？”

对哦，我还在和谢青衍生气。

我冷哼一声撇开脸，再次不理他。

一路朝着下一个需要归还宝物的方向走去，路上谢青衍又接了几个任务，我自知修为不足不肯出战，只希望委托者在感谢的时候尽情地忽略我，只感谢出力的谢青衍就好，却没想到就是这么一个简单的愿望却如此难以实现。

我被宗主夫人、宗主夫人的叫了一路，某次我忍无可忍换下女装穿起了男装，前来感谢的宗门弟子看着谢青衍道："多谢谢宗主。"

然后看着站在一边无所事事的我："多谢宗主，呃……"

我眯着眼睛看着他，这次我不光男装，我甚至用了幻术让自己看起来更像个男的。

那弟子想了半天最后蹦出来一句："多谢宗主内人！"

被感谢了十几次之后我自己都开始怀疑自己是不是真的和谢青衍有什么关系了。

你们名门正派洗脑功夫真可怕。

还好借宝物给谢青衍的宗门都比较清醒，一见谢青衍带来的不是自己要找的花前辈便面色僵硬地质问我是谁。我能是谁？我行不更名坐不改姓，谁问我我都如实回答，硬是答哭了三个女性掌门，气得三个男性掌门差点一巴掌炸了自家灵山。

可掌门们最后却都在谢青衍的劝和下哭着和我们告别。

明明不是我自己要被召唤出来的，但看见他们哭的惨样，我内心不知道怎么的特别愧疚。

要不是辅灵不会哭我说不定也哭了。

我现在怀疑谢青衍是不是故意召唤我出来用不能哭来憋死我。

说来也巧，他们每个人都是在当年仙魔大战中被某位姓花的高人救下，这位高人虽是不同身份，但这些身份统统查不到，都是假的，而这位神秘的花高人留给他们的保命物品，却都是我自己当年做给自己的小物件。

“这个姓花的会不会是什么江湖骗子？”

还完了所有宝物，我忍不住又和谢青衍讲话了：“怎么这么巧，都姓花，怎么这么巧，每次都能在仙魔大战中救下这一族唯一的后人。”

“不会，她是很好的人。”谢青衍笑着说。

我觉得他笑得有点傻，不过不傻怎么会替一个素不相识的骗子高人说话？

“你是认识花高人还是怎么的？”我眯着眼睛看着他。

“我这里也有一件宝物。”谢青衍说。

“什么？”我有些好奇，谢青衍有宝物？为何这件宝物之前并没有列在法阵之上。

然后谢青衍从怀里拿出了一个刺绣锦囊，锦囊保存完好但难掩陈旧，一看就是女性用品。

难怪不能列在法阵之上，这东西没有半点灵气，列了也没用。

但这不是我的锦囊吗？

我浑身一个激灵：“你拿这个出来干什么！”

“这就是花高人送我的。”谢青衍看着我，一脸微笑。

……

我难以置信地看着谢青衍：“你还笑？！这花高人是个摸我尸体的

登徒子！你还笑？”

“冷静！”谢青衍似乎没想到我反应这么大，连忙按住我的手：“花高人是个女的！”

“女的怎么了！女的就可以随便摸别人吗！！”我抬手又想打人。

谢青衍早已熟知我的套路，一溜烟跑了个没影，空气中只有“冷静姐姐！”“姐姐你冷静啊”的喊声。

03

百年前。

“我实在没有东西可以给你防身啦，”实际年龄约有几百岁的魔教大护法半身雨露半身血污，但怀里的贴身锦囊却带着温度，丝毫无损，“要帮忙照顾一下弟弟妹妹，这个给你。”

“贴身之物，怎可！”还是二十出头的青年谢青衍脸红着慌忙拒绝。

“有何不可？还是说你想要我这外套？”大护法作势要脱掉外套。

“请……请穿好！”谢青衍红着脸，一边拿袖子遮住脸，一边接过锦囊。

“拿着，都什么时候了，别整你们正派仙人的破规矩，里面有钱有宝石什么的，你拿去随便花不用省，等姐姐回来你把锦囊袋子还我就行。”大护法嘴角终于有了点弧度，这外套明显也没想真脱。

“你会回来的，对吗？”谢青衍认真地看着红衣大护法的脸。

“会的吧？”大护法故作轻松笑了笑，“等哪天仙魔互不打扰，分山而治，划石为界，到那个时候我就回来了。”

谢青衍仔细盯着眼前的人，将少女的模样牢牢记在心里。

“姐姐，你真的姓花吗？你在我们面前提到的身份，哪一个才是真的？”

“姓名身份又有什么重要的？活下去才最重要，其余的东西不过是镜花水月。”

大护法眨眨眼睛，身形一晃便消失在雨幕里。

谢青衍一直站在那里，直到空气中再也感受不到姐姐的气息。

天生魔体的镜水月，却有一副见不得人哭的臭毛病，一副软心肠，打打杀杀从来都不能带给她快乐，当年仙魔战争蔓延全境，四处都是哭喊的孤苦孩童，镜水月于心不忍，苦习幻术，终有大成，进可围困仙人于幻境，退可解救稚子孩童骗过魔族眼睛，但过于频繁地使用幻术终究是将她早早透支，明明正值盛年却已是强弩之末，最终倒在魔仙之战中再也没有醒来。

而现在，谢青衍看着身边缺失了记忆懵懵懂懂还气呼呼的镜水月，一袭红衣，宛如当年。

“姐姐。”

“嗯？”

“谢谢你回来。”

“你又发什么疯？！又想叫我替你做什么任务？！”

04

两仪宗宗主谢青衍，修仙奇才，一代天骄，一人能抵千军万马，以一己之力创建两仪宗，帮助栖凤阁、红莲坊等仙门立足，又镇压魔族力挫敌营，终换得魔仙两族分山而治，划石为界，互不打扰，一方安宁。

可叹谢青衍，痴心一片，用情至深，奈何爱人于魔仙之战早早仙逝，后集合全宗之力、八方宝物将其唤醒，只为让爱人看一眼这盛世太平，一场婚礼浩浩荡荡从两仪宗一路铺到五峰山，信念决绝，然到底与天道相悖，爱人神魂难固，不久消散于世，谢青衍则追随爱人而去。

“真是这样吗？你见过他的爱人吗？”刚死亡的修仙者叽叽喳喳在船上向我打听八卦。

“想听故事？这是另外的价钱。”我撑船划过奈河。

“啊？我们才刚刚死没那么多钱。”刚死亡的修仙者在船头扮可怜。

“那就等你们有钱了再说吧。”我哼着歌将他们送往奈何桥。

辅灵记忆终归有限，那日消散后，我魂入地府便想起一切。

当年的我确实没想到，随口许下的幼稚愿望被谢青衍记得那么深，那群孩子也真有本事，竟然让我的话现在都成了真。

撑完最后一趟船，我下了工，便往奈何桥附近走，桥边彼岸花田是我最喜欢发呆的地方。

“喝汤吗？”孟婆招呼我。

“不喝。”我摆摆手。

“不喝你每天上这来，就为了看这花啊？”孟婆好脾气地和我搭讪。

“是啊，我喜欢得紧。”我盯着花，思绪已经不知道飘到何方，“顺便等个呆子，当初说好了去见他，我食了言，这次说好的在桥边等他，可不能食言……”

“阿镜。”

我听见身后熟悉的声音，惊喜地回过头去。

故人依稀旧模样。

END

# 甲方恋人

JIA FANG LIAN REN

文/何故吻秋

一个杂食动物。@is 何故吻秋

01

会客室的大爷看见有人进来，于是换茶洗杯冲泡刮沫，一套步骤下来如关公巡城、韩信点兵，一气呵成行云流水，最后将茶杯推到林瑜面前，喊了一句："来！甲爹！"

正在等待接见的林瑜心中"汪"地一下哭出声来：可不嘛！甲方就是她的爹啊！

平复下心情，林瑜端起茶杯正要喝，会客室的门就被推开了："林小姐，你可以去见总监了。"

林瑜只好又把茶杯放下，拿起公文包跟着甲方秘书走。

她是第一次独自来甲方公司交涉，林瑜所在的公司养了一众网红博主，专门负责做软推，这次来交涉，主要是因为甲方公司的新产品宣传文案存在问题。

无论林瑜师父如何劝告，甲方公司仍然坚持用自己的那套广告方案，其内容如同十年前的电视购物广告词。

还有，都2019年了，护肤品推广还玩“使用前/使用后”那一套是要被嘲笑的，现在流行的都是空瓶记和月度爱用物分享！

况且同一时间段大批网红一起发这种文案，那还叫什么软广？已经硬得不能再硬了！甲方公司不怕，林瑜公司还怕砸招牌呢，他们手下的网红一直都是“良心少广”挂好吗？

在合作关系岌岌可危的情况下，甲方公司终于松口，但希望能和乙方公司当面谈谈，谈话代表也选好了，就是林瑜。

“甲方点名要跟你谈，小林你认识他们宣传总监吗？”师父也很无语。

“我不认识啊，见都没见过。”

回忆结束，秘书小姐带着林瑜到办公室门口，把林瑜送进去：“总监，人到了。”

林瑜进门的时候，只看见一个椅背，等了好一会儿，那人都没有把椅子转过来的意思，林瑜只好硬着头皮把背好的台词再背一遍：“我们公司的意思还是……”

“我知道。”椅背后的人声音出乎意料的年轻，“前任总监已经离职，我本人是觉得你们提出的第一版方案就挺好的，这次叫你来，是私事。”

这个世界上，不是所有甲方都这么酷，但所有乙方都一样苦。兜兜转转十几次，最后还是初版好！

“私事？”林瑜震撼完，迷茫了，“什么私事？”

老板转椅缓缓转过来，坐在上面的男人以合同遮面：“我想请你签这份合同。”

林瑜视力 5.0，那三号宋体加粗的标题她看得清清楚楚。

女友合约？——林瑜瞳孔大震。

男人把合同放下来，露出脸：“你坐下来看看，要是可以我们今天就签。”

“哦对，我忘了自我介绍，我叫王……川风。”对方定定看向林瑜。

林瑜目光移到男人的脸上，再次瞳孔巨震。她在这张略圆的娃娃脸上看见了可爱，看见了俊美，看见了中二——

更重要的是，这个哥哥，不，这个弟弟她是见过的！

02

林瑜想起来了，她跟王川风就在不久前的漫展上见过。

那天风和日丽，林瑜仿佛感到了欧气的召唤，于是在漫展抽赏的摊位抽了 20 发心爱的老牌动漫番。

抽赏这种东西类似于抽卡，A 赏就是 SSR，一般是手办什么的，B 到 F 赏的精美程度依次下降，F 赏一般是文件夹或应援色毛巾之类不值钱的东西。也就是说，你花 50 元抽一次，可能是手办，也可能就是一条随机颜色的毛巾。

林瑜抽出了十二条毛巾，另外八个是手机挂件和海报，还没有一个是自己喜欢的角色对应的，非洲人本人。

就在这个时候，老牌少女漫画抽赏摊子传来一阵骚动。原来是有一位戴假面穿西装的男生付钱抱走了一整盒抽赏箱。

林瑜被这场景一激，再次刷卡买了一盒，她和那个男生颇有默契，相对席地而坐各占一边，疯狂拆赏，两边这样打擂台，打出了“欧非峰会”，打得众人围观。

在起身换赏穿越人海之际，假面西装男的假面被蹭掉了，还是林瑜把面具捡起来还回去的，也自然看清了假面男的脸。

没错，那个少女战士的狂热粉就是王川风！

“所以，我想请你配合我，为我树立形象。”王川风将合同推给上前准备翻看的林瑜，“我以后会是这个集团的接班人，我需要树立一个可靠的形象。”

林瑜翻着合同，发现写得有模有样的，而且提供的报酬十分可观，明明是份业余兼职，工资却是她本职的八成，她不免有些心动：“怎么配合啊？”

“你……你只要作为一个《少女变身战士》的狂热粉出现在我身边就可以了，这样，我身上一切相关元素都可以说成是‘为爱改变’。”王川风显然没想到对方会这么问，迅速调整姿势，将脸凑近。

“什么形象啊？”

“嗯……邪魅狷狂，霸道凌厉，有刀削一般的下巴！成熟！大气！稳重！宠妻！”王川风抬起下颚，试图让自己略圆的脸凌厉起来，然而对面的人并没什么反应，他稍有些失落。

林瑜听到这里大概知道这个形象是从哪里提炼出来的了——“总裁文学”嘛！

可是怎么会有总裁——尽管现在还是总监，相信“总裁文学”呢？林瑜警惕起来：“如果我不答应这个合同会怎么样？”

“那我觉得你们公司的推广方案都不是特别好，可能需要再考虑一下……”

考虑？说是考虑，其实是要黄！

林瑜脑子飞速转动：此单久攻不下还没黄，是因为公司对此单寄予厚望，这是开辟新市场的重要一单。甲方公司点名要她来谈时，林瑜早已想好拿下这单后平步青云升职加薪的美好未来！现在这单子她一谈没有半点进展不说还黄了，那么黄的不仅仅是公司的单子和新市场，还有她未来的职业生涯！

林瑜的事业心不允许这样的惨况发生，她见王川风作势要将合同收回去，赶紧按住说：“我签！我签！我都可以配合，但是虐身虐心带球跑不行啊。”

王川风听到这里“刷”地一下红透了脸，赶紧将手从林瑜爪下抽出：“你……你这个女人怎么变成这个样子了！我！我才不会！”

林瑜这才放下心来，答应了这个合作，临签名前她顿住：“我还有一个要求。”

“什么？”

“把我的名字，写在甲方。”

“可以！”

如此，一场合作敲定完毕，办公室内，王川风愣了一会儿，随即开心地拉开抽屉，将一个《少女变身战士》人物 Q 版防尘塞戳进手机，开始为宠妻属性造势。

办公室外，林瑜路过会客室，冲还坐在里面的大叔点头示意：“叔啊，想不到吧，这次我才是‘甲爹’！”

大叔一脸茫然，也回以微笑。

## 03

合同签署后两周，林瑜迷茫了，她不知道给真的霸道总裁当合约女友是怎么样的，反正不应该是和王总监这样的。

她也曾有过沉迷霸道总裁系列文的少女时光，可以说是阅文无数，但真没遇见过王川风这款的。

员工餐厅内，她努力配合着王川风的表演，王川风正向每一个来打招呼的人介绍林瑜，并且不厌其烦地向每一个人展示自己手机上的挂件，脸上羞涩又甜蜜："这就是我的女朋友林瑜，就是那个逼我挂可爱挂件的狂热粉丝……"

林瑜：……行吧，你说的都对。

王川风虽然给自己的定位是霸道酷炫，但或许是由于他那张富有亲和力的娃娃脸和年龄，员工们对于这位毕业就空降的宣传总监并没有畏惧之心，都当他是弟弟，格外慈祥。

对，慈祥。

"我觉得，你倒也不必纠结于霸道人设，反正都是总裁。"林瑜劝他，"现在都流行小奶狗，小奶狗你知道吧？大灰狼都是 Old Fashion 了，我对你正好是御姐配小奶狗，有年龄优势。"

但王川风不答应："不行，我想着这个形象很久了，我要试一试。"

林瑜在王川风的眼神示意下给他夹了一块炸鸡，说："好的吧，你是老板你最大。"

王川风还有不满："你怎么不回我消息，今天要不是我打电话给你，都约不到你了知道吗？你签了合同是要履行的，不可以这样消极对待！"

林瑜冤枉！她都进社会三年了，主要用的社交软件是微信和各类OA平台，但王川风不知道怎么回事，就喜欢在QQ上找她。林瑜手机上虽然还有APP，但是早设置消息不弹窗不通知很久了，哪里想到王川风加了她之后真的只在QQ上面找她？

"说到这个，你怎么这么喜欢用QQ？你们不应该也有开发自己的OA办公系统吗？"林瑜也是不解，她点开了才发现，这些日子王川风如同晨昏定省一般，早晚问安，而她最多回一句"嗯"，单看聊天框真的显得她很冷漠很消极。

王川风被问到这里，有点脸红，将自己的手机举到林瑜面前："哼，你没有发现我们聊天框上面多了什么吗？小火苗！爱情开始的标志！"

林瑜看看自己的手机，再看看王川风的手机屏幕，在那一堆群里，果然看见自己ID后面跟着一簇火苗样的图标，有些无语："可我用的是TIM啊……"

不但没有各类大表情动画图标，连空间都只能进自己空间的清爽商务型。

"什么！"王川风震惊，"那你给我下回来！"

林瑜拒绝："这不行，我这里有重要文件记录的，删了就没有了。"

最终，在王川风的软磨硬泡之下，林瑜只好退而求其次，给王川风设置了特别关注。这样，当王川风发消息过来的时候，她能立刻收到。

"买一赠一，微信也给你置顶好吧？"林瑜妥协了。

王川风终于满意，并将自己在林瑜通讯录里的备注设置成三个心形图标，表示：“这还差不多，你吃完了吗？吃完我送你回家。”

林瑜内心：这个小男孩其实还蛮好哄哦。

## 04

到车上，林瑜才发现，王川风此人谈恋爱过于照本宣科，一看就没有经验。

尽管很快锁了屏，但凭借她超凡的视力，她还是看见了那条名为《恋爱必做二十件小事》的推送。

好纯情一男的，林瑜想。

“咳咳，我们来自拍几张吧。”王川风看见林瑜看过来，换了个姿势，有点不自在，“晚上就写个文案发朋友圈，这样大家都知道了。”

还文案咧！真当是剧组宣传啊！

林瑜内心全是黑人问号，面上却平静无波：“行吧，用谁的手机？”

“你的吧，我没有美颜。”

“还要美颜？可是我的也只有前置啊！”

车内一时只有空调运作的声音，两人相顾无言。

沉默是今晚的车厢。

没办法，两人最后只好窝在车里，开流量下了好几个美颜 APP，拍图选图。

“你朋友圈不是都有滤镜吗？小兔子小猫猫什么的。”王川风首先打破沉默。

“都是直接搬朋友的图，我最近都没发了吧，你居然翻到那么前面？”林瑜解释，她的摄影风格，是被合作网红跪求“求你下个美颜”的水平。

王川风被抓包翻人朋友圈，自觉有点窘，也不说话了，就配合摆造型。

千辛万苦，图片终于选完，两人开始编辑文案发送，互抢首赞。

“你这个宣传未免太激进了点。”林瑜点进王川风朋友圈，看见对方过去分享的一条条链接里突然新冒出一串九宫格，九宫格里还有一张少女战士的角色图，配文为：今晚和她吃饭。

“你最喜欢这个角色啊？”林瑜戳开角色图，这位少女战士一头短发，手持魔法棒英姿飒爽，看起来就很能打。

王川风脸红地点点头：“我上次漫展 COS 的就是她男朋友，一个科技集团继承人，一个霸道总裁……”

哦，男友粉，林瑜懂了，是她误会了，还以为这是一个热爱总裁文学的男人，原来只是想活成本命喜欢的样子，她换了个话题：“哪天我们一起去漫展呗？你手气那么好，帮我抽几个吧，我一直抽不到我最喜欢的角色，老是蹲在一边等人来换。”

而且那个漫画在国内基本过气了，是个养老坑，林瑜时常等半天都不一定等来一个能换的，心塞。

“你什么时候开始喜欢这个动漫的？”

“我是十年老粉丝了，高中喜欢的！”

“高中啊……”王川风沉吟了一下，“可以啊！”

林瑜乐疯了：“谢谢大佬谢谢大佬，祝您早日成为拽炸天的霸道总裁啊，就那种……‘天凉了，就让王氏集团破产吧！’”

王氏川风沉默了。

林瑜：“……口误，让林氏集团破产吧，林氏，林氏……”

到下车前，林瑜才听见王川风小声嘟囔一句：“那么多姓氏，怎么偏偏姓王的老倒霉……”

姓氏也是霸总路上的拦路虎啊！

## 05

这次过后，林瑜仔细观察，发现王川风是真的有霸道总裁的包袱，而且十分在意身边人的看法，时常做完什么事情，就要眼神询问林瑜的意见：“这样总裁吗？”

林瑜总要非常配合：“高端！大气！霸道！邪魅！稳重！OK！Very总裁！”

而此时王川风又要谦虚一下：“哪里哪里……”

林瑜腹诽：真的是揾食艰难啊，要不是看他颜好又可爱，我早撂挑子不干了！

不仅如此，自王川风在公司宣布恋情之后，其粉丝行为也将全由林瑜买单。

“林小姐来啦？最近总监又把会客室改造了一下，买了你最喜欢角色的手办放在那里呢！”林瑜已经和王川风部门的人混熟了，他们看见林瑜都乐于打招呼，还汇报王川风最近的动作，“他手机上跟你的是情侣挂链吧？”

林瑜点头，她手机上被要求挂的正是那位少女战士的男友。

这大概就是王川风奋斗的目标，林瑜想，其实她觉得可爱娃娃脸也没什么不好，奈何王川风一门心思要当个站在冰箱上的人。

但是高冷总裁不都是主动来接女主下班的吗？为什么到她这里是反过来？

“因为我要加班！”王川风理直气壮。

“那我们各回各家不就行了？”

“可是恋爱中的情侣不应该就是这个样子吗？要天天见面的。”林瑜一听，就知道此人必定又在网上看了些什么类似《恋爱必做二十件小事》的文章，之前王川风照着文章提示，将点外卖、送花、一起吃饭、朋友圈秀恩爱、约看电影等一并做了一遍，看现在这个样子，应该是做完二十件又来二十件，林瑜内心正是美酒加咖啡，一杯又一杯——又累又苦又令人沉醉！

看着王川风迷惑的神情，林瑜憋了半天才说：“这我怎么知道？我又没有经验！”

“我也没有啊！”这不才得看看教材，看看前人总结的经验吗？

行吧，两人都是大姑娘上轿头一回，不用争了。王川风从冰箱里小心掏出一瓶可乐，提着塑料瓶盖处，递给林瑜以示休战：“天气热，你先喝点。”

塑料瓶从冰箱拿出来，瓶身很快浮起一层水珠，林瑜想也没想用手一擦，开瓶灌进嘴里，喝完一大口回头看王川风：“你怎么这个表情看着我？”

“没事。”王川风脸色不太好看，到底没说话。

林瑜抬手要擦汗，冷不防被手上的情况吓了一跳："我手上怎么黑了？你这可乐掉色呀？"

王川风要气死了，理都不想理她，留林瑜一个人冲进洗手间吱哇乱叫。

当晚，林瑜搜索王川风看的微信文章，在相关阅读里看见一个表白技巧：**用马克笔在塑料可乐瓶上写下浪漫话语，初看没有任何痕迹，但只要喝可乐，瓶身上的字就会随着液体下降显现出来，简单又浪漫。**

林瑜总算知道下午是怎么一回事了。

怪不得王川风脸色那么差，出这种状况也太尴尬了。

不过他好可爱哦！林瑜笑嘻嘻。

06

王川风说到做到，林瑜说要带他去漫展抽赏，他记住了，等本市漫展又一次开始宣传的时候，他果然通知林瑜："我们一起去漫展！"

林瑜知道王川风手气好，本来就想抱大腿搭顺风车去欧洲，现在看王川风如此慷慨，决定报答，便提前做好少女战士的 COS 服，准备出演王川风喜欢的那个角色。

漫展当日，王川风早早在林瑜家楼下等着，看见林瑜穿着 COS 服走下来，王川风惊呆："你……"

林瑜看见王川风的装扮也很震惊："我以为你会出少女战士的男友呢！"

"你不是喜欢这个角色吗？"王川风回她。

没想到王川风也穿了 COS 服装，出的角色是林瑜喜欢的运动番的角色。

两人都有些脸红，坐上车往会展中心去。

王川风的手气果然很好，帮林瑜抽到好几个心仪的东西，林瑜让王川风去少女战士的摊子也试试，王川风婉拒："嗯，不用了，就一会你跟我拍几张照片吧……"

"好啊！"林瑜答应得干脆，两人又在场子里逛了逛，由于过于混搭，被拍了不少照片。

林瑜想着王川风那么重的总裁包袱，有意无意帮他挡了一些，王川风看她的动作，没有说话，倒是有些乐在其中，十分配合。

提前从漫展出来后，王川风将林瑜载到一家奶茶店前，要请她喝奶茶。

这家奶茶店算是奶茶届的常青树了，林瑜初中时喝过。

"现在居然要十八？"林瑜看见物价牌，难以置信，"我以前喝一杯才两块！"

王川风试探性喝了一口，觉得太甜："你还喜欢喝这么甜的？"

"不啊，我初中喝奶茶喝得偏胖，经常被人嘲笑，后来就不喝了。其实我那时是在正常体重范围的，但是在其他女生面前就显得太突出了。"

王川风听了表情有点僵硬："他们欺负你？"

林瑜听了哈哈大笑，挥了挥手里的魔法棒道具，眼神往外瞟："也不算，敢说我胖的都被我武力镇压了，那些小男孩就是欺软怕硬，我本来就看不惯，看见就要管！"

就像现在这样。

"嘿，我这暴脾气就是忍不了！"林瑜猛地一拍桌子，站起身就往奶茶店外面走去。

07

奶茶店开在一所中学附近，有不少补习班，现在虽然是周末，但还是有不少补课的学生在街上徘徊。

初中时期正是发育有差异的时候，有些人变了声，有些人还是娃娃音，有些人已经高高壮壮，有些人却还是一颗小豆丁。有些人在没人约束的情况下，就会以欺负弱小者来显示自己的强大。

林瑜盯着奶茶店外这波初中生很久了，里面身材较高的几个把较矮小的那个男生的鞋子强行脱下来当球踢。

被抢走鞋子的男生明显不愿意，可又不敢撕破脸，只能讪笑着单脚跳来跳去想抢回自己的鞋子，嘴上还说着："不要玩了，还给我。"

越"玩"嘴角越下垂，脸色越来越难看，林瑜冲出来的时候，他已经是一副要哭出来的样子。

王川风跟出来，看见林瑜一把摁住带头者的肩膀，用脚将他的鞋子踩下来抓到手上："好玩吧？好玩吧？赶紧把人家鞋子还回去！不然你的鞋子也别想要了！"

那带头的人本来想反抗，但是林瑜长得高，比他高一个头，又看见更高大的王川风冒出来给被抢鞋子的男生捡鞋穿上，王川风扮的角色是个动漫番里的刺头，这时候两人都没卸妆，他脸上还有贴上去的刀疤，格外唬人。

"你还来劲了？"林瑜眼睛一瞪，魔法棒在男孩胸前戳戳，"你哪个班的？报上名来！我告诉你们班主任！”

班主任可是死穴，男生听完挣开手跟着同伙撒腿就跑，像阵风一样。

林瑜看那些人确实跑远了，才回头看向小男孩：“你还好吗？姐姐请你喝奶茶？”

那名小男生在王川风帮助下穿上鞋子，怯怯说了一句：“谢谢。”

还是个娃娃音，林瑜内心触动。

“客气什么？下次遇见这种事情就跟他们打一架，打不赢也出气了！”林瑜豪爽挥手，“他们就是看你现在还没发育起来，你也知道打游戏的时候有个发育过程吧？就是这样的，以后你开始发育了，他们看见你就绕道走。”

“我能长这么高吗？”男生指指王川风，有些羡慕。

还没等林瑜接话，王川风先开口：“当然可以，我以前也像你这样，后来就长高了。”

说着王川风站起身来，接近一米九的身形将小男孩罩住：“长得这么高。”

“谢谢你们！”小男孩的眼睛瞬间亮了，充满希冀地冲两人挥挥手跑走。

林瑜也挥挥手，等小男孩跑得看不见人影，才和王川风端着奶茶回车上喝。

两人靠在座位上嘬奶茶，王川风视线在林瑜和方向盘之间来回打量，终于说：“你还和以前一样……”

08

“你还和以前一样。”

这句话一出，林瑜蒙了，她把王川风那张娃娃脸掰过来对着自己，把粘在他脸上的那道假刀疤撕下来，细细在王川风红透的脸上看了一圈，问：“你哪位？”

王川风露出羞怒的神色，林瑜被他的可爱逗得笑出声来。

“你没认出我！还笑！”王川风大声。

“要能认出不早认出了？”林瑜更大声，她记忆里就没哪个故人喜欢少女战士还纠结于QQ小火苗的好不好！

王川风觉得此言甚是，扭捏半晌，小声吐出一个名字：“王倩（qing）……”

“啊？”林瑜没反应过来。

王川风更小声：“王倩（qian）！”

林瑜想了一会儿，突然笑出声：“哎呀！是你啊！”

王川风早已羞得趴在方向盘上，什么高冷什么酷炫，忘了忘了！什么霸道什么邪魅，忘了忘了！

林瑜这下子想起来了，当年她初三，打扫包干区的时候正好看见初一几个高个子男生欺负一个矮个子，一边推搡一边喊他：“小倩小倩。”

当年林瑜就是个看不得欺负人的，拿着扫把冲上去把几个男生打走，将人护了下来。听那个小豆丁抽抽噎噎哭完，才明白是怎么一回事。

原来王家父母给小孩取了一个多音字“倩”，本来是读“庆”的音的，但是上了初中，老师还在认名字的时候多次读成更常见的“欠”的发音，于是就成了一个外号，大家都“小倩小倩”地叫他，再加上上学早发育慢，大家都欺负他。

林瑜听小豆丁哭完，觉得岂有此理，再加上自己也因为身材问题被嘲笑过，更觉得同病相怜，于是拍拍胸脯决定罩着王倩。

两人结伴玩了一段时间，但只过了半年，第二学期开学的时候，王倩突然就消失了。林瑜去对方班里找过，同学们都说他转学走了，两人就这样断了联系。

没想到在这里又碰面了，还……签了这样的合同。

“我一直在想，如果当时我们交换了 QQ，是不是就不会失去联系了，可我转了学才开始用手机。”王川风说。

所以他才那么喜欢用 QQ 找林瑜聊天，想要小火苗，想要大船。

林瑜揉揉自己的假发，有点尴尬：“那你认出我了，你还……”

王川风趴在方向盘上已经破罐子破摔：“我早就认出你了，上次漫展，我是故意坐到你身边的，结果你一直在拆赏，一眼都没看我，后来我假装掉了面具，你也没发现。”

“那你还让我来签合同？”

“后来家里让我到公司帮忙，我正好在对接人员名单上看见了你的名字，想知道是不是你，就叫你来了。我本来是想拿合同逗你玩，结果你直接签了！”

王川风把自己的手机拿起来，露出那个少女战士挂坠：“你真的没发现你和她很像吗？”

穿着同款服装的林瑜说：“有吗？”

“有！我发那条朋友圈的时候就有人发现了！”王川风为了证实自己的说法，点开朋友圈，找到那条状态，在一片能让人密恐的点赞名单下面，林瑜看见一条评论："她和这个动漫角色有点像哇！"

原来王川风转学后，无意中看见这个角色打败校霸的片段，于是他把这部动漫找出来，挑着出场集数看了一遍。

一看下去，越看越像，就这样喜欢了很多年。

"你们那时候都是短发，都喜欢惩恶扬善，都喜欢……霸道总裁……"

"我哪里喜欢霸道总裁？"林瑜瞳孔巨震，"我现在明明喜欢可爱款好不好！"

"你当时整天看总裁小说，说以后一定要找到一个霸道邪魅大气稳重……"王川风说着说着突然顿住，看林瑜笑眯眯盯着他看，"可爱……款？我吗？"

"对啊，你啊。"林瑜坦荡点头，眼见着王川风的脸色从淡粉水蜜桃变成西红柿，"你不要激动！"

王川风哪里听得进去，大力拍了拍自己的脸蛋，一拉车门冲了出去。

"喂！喂！倩倩！"林瑜伸出头去喊王川风，"你的车！"

哪里还有人？早跑远了！林瑜只好自己坐上驾驶座把车开回去。

"你有本事来坦白，你有本事别跑啊！"

## 09

翌日，林瑜背着通勤包到王川风处报到。

秘书小姐早已熟门熟路，将林瑜领到王川风办公室前："林小姐今天好早啊。"

“唉，我来谈合同，来谈合同。”

林瑜走进办公室，王川风转过椅子看见她，又转回去了！

林瑜从包里掏出两份合同，摊在桌上：“我来给你看一份合同。”

王川风转回来看合同，这两份合同格式正确却毫无效力可言，一看就是不懂合同的业余人士做的，除去各式凑格式的定义和解释后，重点内容只有几项。

高度总结一下：自本协议签署之日起，由王川风方提出的《女友合约》正式作废，甲方乙方互为恋人，双方互相尊重，互相理解，互相扶持，互利互信。合同有效期为一百年。

“你要不要考虑一下？我们互为甲方哦。”林瑜承认，她还是想当当甲方。

王川风看见两份合同上分别空着甲方和乙方的名字，抓起桌上的签字笔……

林瑜谈完合同，走到会客室坐着，等男友下班。

会客室里按王川风的要求装饰过一次，林瑜看见少女战士的角色Q版手办在桌上站了一排，最后站着的是王川风喜欢的角色和恋人的合影手办，上面夹着一张自己和王川风的照片。

“嘿嘿嘿。”林瑜傻笑。

会客室大叔看见有客人，又将茶具拿出来过了流程，将茶杯推到林瑜面前，还是那句：“来！甲爹（喝茶）！”

林瑜这次豪爽喝完，将喝光的茶杯翻过来向大叔展示过后放下：“承您吉言，这回我们互为甲爹了！”

大叔再次一脸迷茫：“嗯？”

王川风听到这里，替大叔说了一句："他只是一个说话不标准的潮汕人。"

"哦，不是互为甲爹啊？那是什么？"林瑜逗他。

王川风又红了脸："就，恋人啊！"

大叔在一边帮腔："啊甲方恋人啦……"

两人听了相视一笑——

对，甲方恋人！

END

# 逆向白月光

NI XIANG BAI YUE GUANG

文/尘诺

执着别扭有点小强迫症的女汉子，写温暖的故事，希望文字有声。

## 01

许甜已经很久没见过傅承宴了。

上一次同框还是在两人的订婚宴上，他眼神冷得冻人，而她脸上挂着笑，一个把不情愿挂在脸上，一个把不情愿埋在心里。

整个流程下来，他说的话不超过五句，直到彼此交换订婚戒指，他才淡淡地瞧了她一眼。等到宾客散尽再找他时，早已不见了他的人影。

这一次，他摇身一变成为学校的特邀嘉宾，衬衣西装，风度翩翩。

不小的捐款数目令校长亲自前来迎接，甚至还有几位负责教育宣传的副校长陪同。社会精英的话题总说不完，后来不知是谁聊着又把话题转回学校，校长不动声色地介绍起优秀毕业生，司马昭之心路人皆知。

第十名的许甜躲在摄像机后面，可校长的眼睛自带雷达，精准无误地定位到她，乐此不疲地为她引荐："傅先生，许甜是我们系优秀的毕业生，去年还斩获了创业项目一等奖。"

傅承宴看过来，视线却逐渐冷冽。

为数不多的几次见面，他从没给过她好脸色，全身的每个细胞都在抗拒和她的婚约，许甜深有体会却也束手无策。

在外陌路，似乎约定俗成，许甜不得不装作落落大方地朝他伸出手："傅先生您好，久仰大名。"

他轻呵一声，颔首，脸上挂起一抹疏离的笑。

气氛其乐融融，众人皆以为财主心情愉悦，但只有许甜清楚，他脸上的分明都是嘲讽。

许甜降低存在感陪衬着，逮到机会就与同学躲去观众席。

自始至终，他都没再看她一眼，如果不是那一声轻呵，她甚至认为他早就忘了她。

一个半小时的联欢会拉下帷幕，许甜收获一本沉甸甸的荣誉证书。

与同学离场时，手机"叮咚"一响，她犹豫着点开，收件箱静悄悄地躺着来自傅承宴的短信：晚上七点回家吃饭。

惯常的惜字如金，家自然是他家，饭必是傅母要求，不容置喙。

她应该庆幸他存了她的号码，避免两人彻底失联。

走在前面的同学察觉两人距离拉远，贴心地停下脚步："怎么了？"

许甜摇了摇头，手机揣进口袋，追上前："走，吃饭去。"

五点钟的食堂刚刚开饭，养足精神才能应对下一场晚宴。

太阳西落，天空闷着几朵晚霞。

傅承宴的车驶在校外的主路上，视线偶然一瞥，就发现站在树下踢石头的人。

许甜的头发刚刚齐肩，白色的荷叶边短袖，外面是一条黑色束腰的吊带裙，脚上的帆布鞋干净素雅，呵，是她母亲喜欢的模板。

风穿过树丫，擦过她的裙摆。

傅承宴鸣笛。

声音突如其来，许甜吓了一跳。驾驶位的车窗降下，傅承宴抬了抬下巴，示意她上车。许甜坐进副驾驶，拉安全带时悄悄看了他一眼。驾驶台的迷你时钟显示六点四十分，这里距傅家一公里，彼此算好时间，省去许多麻烦。

车子慢慢滑入主路，他始终没有说话，许甜打破沉默："你有没有什么想说的？"

傅承宴神色不变："你想说什么？"

路程太近了，总共才说两三句话，车子已经稳当地停在傅家的车位上。

他放下手刹，正要拔车钥匙，许甜递上一片手帕纸，抬起手指指他左耳下的位置，提醒到："我很少用口红，被叔叔阿姨看到……"

她没有继续说，傅承宴却实打实地愣了一下，立刻挺腰凑近后视镜。耳后的皮肤沾染着红色的暧昧痕迹，他懊恼地接过纸巾。

车钥匙挂在半空晃了晃，被打磨光滑的山桃核也随之摇摆，红绳鲜艳依旧。

许甜目光一顿，很快垂眸，不再看了，卷翘的睫毛投下一排阴影，不知在想什么。

傅承宴用力擦了几下，残迹仍在，心中莫名升起一丝郁结："有湿巾吗？"

许甜终于侧目，却在摇头，片刻后出谋划策："沾一点水试试？"

许甜从包中翻出一个迷你的保温杯，拧开盖子递给他，目光温软无害，真的是在帮他想办法。

傅承宴盯着保温杯失神片刻，更加烦闷。

02

严肃的傅川一改往日的不苟言笑，关心着许甜毕业后的规划，一顿饭吃得宾主尽欢。

傅家阿姨王姐的手艺和许甜的胃口格外契合，许甜虽然在食堂吃过饭了，也还是吃了不少。

晚饭后傅承宴被傅川喊去书房谈话，许甜陪傅母在客厅聊天。

尚且算不上婆媳的两人很聊得来，养生美容八卦无所不聊。

傅母拉她的手端详："每次见你都是戴这块手表，甜甜喜欢什么首饰？"

"手表方便一些，看手机的时间，精力很容易分散。"许甜实话实说，手镯戴在右手会影响日常书写，戴到左手又会与手表剐蹭。

傅母捏了捏她的手指："我知道你们年轻人腼腆，可订婚戒指总是要戴的。"虽然不是责备的语气，却有责备的意味，原来手表和首饰都是探路石，戒指才是最终目的。

傅承宴不知什么时候坐在了一旁，闲散地靠着抱枕，虽在认真观看电视，目光却若有似无地跟随母亲。

他没有解围的意思，许甜也不指望，她从容不迫地从领口内挑出一根银色的项链。

项链穿起的圆环正是两人的订婚戒指，极简的款式，低调却奢华。

她捏在指尖晃两下，扬起一抹狡黠的笑："在这里呢。"

傅母神情变得格外温柔，忍不住赞叹："年轻人呀，真浪漫。"

顶灯倾斜的光映得许甜的手指纤长，皮肤白皙莹润，指甲饱满，她有一双很漂亮的手。

其实她还有一双漂亮的眼睛，笑时像弯月，严肃时冻人。

订婚时他问她为什么同意，她脸上红晕清浅，眼底闪过星星点点："喜欢你呀。"

白纱裙纯洁无瑕，可她张口就是谎话，里外都透着虚伪。

方才在她学校联欢会前的处处躲避，更是一副要去英勇就义的模样。

傅承宴呼出一口气，拿了块西瓜咬一口。

傅母盘问过许甜，很快对隔岸观火的儿子发问："你的戒指呢。"

他吐掉西瓜子，抽一张纸巾擦嘴，傅母目光如炬，他无奈地朝母亲举起手，摊开手指微晃："我戴着。"

"嗯，这还差不多。"

傅母满意了，话匣子却是难关，又是问许甜喜欢什么花，又是问她喜欢吃什么玩什么，甚至相约下次一起购物。

傅承宴忍不住打断："妈，不早了。"

复古的雕花时钟恰巧在这时敲响整点报时，傅母终于后知后觉地惊讶起来："已经十一点了啊，甜甜过来我太高兴了。"

"那……"

傅母瞪了他一眼，拉着许甜不放："甜甜今天留下过夜吧，明天王姐做驴打滚，你一定要尝尝新鲜出炉的美食。"

"我……"

许甜正想婉拒，又被一旁的傅川打断："很晚了，承宴明早是去大湾项目出差吧，都早点休息。"

说者有心，听者留心，许甜立刻闭上嘴，傅承宴挑了挑眉，应付地"嗯"了一声。

傅承宴在阳台吞云吐雾，翻看大湾项目的合作方清单，许甜正连线母亲报备行踪，声线压得很低，似乎不愿泄露丁点谈话内容。

夜空的云层浓厚，星月藏得无影无踪。

她的电话挂断，傅承宴掐灭余下的半截烟。

他给足她空间，她安安静静地坐在躺椅上，很有分寸地远离那张大床。

傅承宴踱步进来，捧来一沓换洗的衣物，睡衣内衣一应俱全，没什么情绪地对她说："洗漱后早点休息。"

许甜两手交握，并没有动，仰头看向他，似乎想从他脸上找寻什么。

灯光开到了最亮的档位，她的眼睛像是染色的琉璃，干净清透，却又带着一点意味不明的情绪。

两三秒后，许甜敛去复杂的情绪："她回来了。"

傅承宴那个因为他们订婚而伤心欲绝，远赴英国的白月光。

傅承宴正弯腰在她右侧的角桌上放睡衣，手臂微微一滞，他侧目寻到她的脸探究地打量："你竟然知道。"

许甜目光坦然极了，不答反问："我可以睡客房吗？"

"理由。"

傅承宴跨坐在茶几上，与她面对面，有一点不悦，大概是因为她抢先了他要说的话。

"这里，她来过……"她迟疑而犹豫地扫视一圈四周，找不到合适的言辞表达。

一向不懂女人的傅承宴，忽然打通了任督二脉，一下就懂了她莫名其妙的别扭，径直打消她的顾虑："这个门，她进不来。"

许甜松了口气。

傅承宴提起睡衣抖开，竟然是一件浅绿色碎花的细吊带裙，也不知是谁的审美。

许甜的脸颊不由自主地烧起来，躲躲闪闪，更不敢看他。

傅承宴立马扔开睡裙，很快从衣柜翻出一件浅灰色的圆领 T 恤，宽松款式，足够遮住该遮住的部位。

他的浴室让给她，床也让给她，他拿睡衣出门："我去楼下睡。"

他父母撮合的态度彼此看得真切，这口锅甩到她身上她可消受不起，许甜捻着 T 恤的袖口迟疑："叔叔阿姨那边……"

"他们睡了，你不说没人知道。"

棕色的房门终于安静地关上，许甜的神经松懈下来。

许甜在房间里转了一圈，没发现女性物品，她稍稍欣慰。

等她安心地洗漱完毕，站在更衣镜前擦头发时，房门忽然开了。

她从镜子里看到已经换上睡衣的傅承宴，发顶搭了块毛巾，正一脸郁闷地走进来。

“客房书房的门都被锁死了。”

不知谁想到的馊主意，自己家的备用钥匙藏得他都找不到。

许甜的心不经意怦怦地跳了两下，踟蹰着不知道怎么开口，机械地擦完头发，纠结的内心一不留神就表现在脸上。

傅承宴将其解读为嫌弃，反问：“你这是什么表情？！”

许甜赶忙敛起情绪转换话题：“有没有梳子？”

他随手抽出来扔给她。

“吹风机呢？”

“床头柜里。”

傅承宴掀了毛巾挂到浴室，再出来时，空气中只剩下吹风机发出的“嗡嗡”声响。

他的T恤穿在她身上显得宽大，下摆延至大腿下，随着抬手拨动头发的动作，露出笔直修长的大腿，在灯光下甚至染上淡淡的象牙白。

他收回逾越的目光，眼前忽然横亘了一截伶仃的手腕，纤细白皙。

许甜举着吹风机眉眼微弯：“要不要吹干头发再睡？”

他想拒绝，看到她小臂被蚊子叮咬后挠出一片的红肿，思绪莫名顿了下。

就在他犹豫的这几秒中，许甜打开吹风机的开关，对准他的头发吹了起来。

头顶炽热的温度闷得人呼吸不畅，再回过神时，许甜已经搬来一条棉被码在床的正中央。

傅承宴眼皮一抬，两人目光相撞，许甜善解人意地解释："我睡觉不老实，怕晚上踢到你。"

整个晚上，他终于忍不住笑了下，不知在笑她自作聪明，还是笑她不了解男人。

一夜相安无事。

第二天清晨，傅承宴的生物钟率先叫醒他。他起身洗漱，忽然意识到房间里还有另一个人的存在，目光随意一瞥，呼吸不禁微滞。

许甜仍在沉睡。

她的发丝凌乱，半张脸埋在枕头中，袖子被蹭起露出肩膀，吊坠戒指滑出胸口压在锁骨的一侧。领口一抹春光乍现，还好小腹以下搭着薄毯，尚且安全。

手机收件箱有一条半个小时前的未读消息：**"今日有雨，出行记得带伞哦，你的微雨。"**

短信似一阵凉风，吹散一室温软。

他下楼时，给秘书下达这天的第一条指令："查一下许家公司近三年的财务状况。"

03

傅承宴大湾项目的出差之行，注定不平凡。

傅母亲自将许甜送到他的车上，语重心长地拍拍儿子的肩膀："甜甜刚刚毕业，你又没有时间陪她毕业旅行，这次带甜甜在广宁市转转。"

傅承宴捏了捏眉心："又不是没去过广宁市。"

"自己去与和你去能一样吗？"傅母瞪了他一眼，转眼换上和蔼可亲的笑容叮嘱许甜："到了地方别忘了给我们打电话报平安。"

许甜乖巧点头："记得的。"

傅承宴一句话也不想多说，径直拉开车门上车，刚坐稳就去敲驾驶位的靠背："开车！"

司机忙不迭地拧动车钥匙，傅承宴也不说别的，许甜只好隔着车窗和傅母挥手："阿姨，我们出发了。"

傅母的心情好到能开出太阳花："路上小心呀。"

驶上高速路段，车厢氛围安静，许甜怀抱背包昏昏欲睡。

不知谁的手机忽然响了起来，坐副驾驶的宋助理压低嗓音喊傅承宴："是季小姐的电话……"

这个令人敏感的姓氏仿佛落地成声，砸进心湖，许甜睡意全无，有那么一瞬屏住呼吸等他回答。

等了好一会儿，忐忑折磨得人心慌，他终于冷淡地说了两个字："不接。"

许甜的脸本就面对玻璃，她对着投映的脸眨了眨眼，嘴角微微翘起。

傅承宴在广宁市有房产，下了车，他人高腿长地走在前面，许甜加快脚步才跟得上。

正值盛夏，别墅两侧是成片的老槐，空气里弥漫着清甜的槐花香。

这阵香驱散了舟车劳顿的疲惫，许甜心情好，难得主动和傅承宴说话："你一会儿有什么安排吗？"

"怎么？"

她不好意思地摸摸肚子："到饭点了。"

傅承宴看了一下腕表，思忖："约了辉泰的经理用餐，一会儿让老李带你……"说着忽然顿了顿，改口，"你我和一起去吧。"

许甜有些意外，却抑制不住开心。

同样意外的还有宋助理，不是讨厌人家吗，不是见都不想见吗，竟然邀请人家吃饭，男人，呵。

一路踏着花香，许甜忽然拉住了傅承宴的衣摆，触感如同小孩挠痒痒，他愣了几秒才感觉到。

许甜和他打商量："那边有几棵小槐树，我想去摘几朵花……"

她的表情严肃认真，像是要去做一件惊天动地的大事，这点小事他自然不会阻拦。

许甜眉飞色舞地飞奔过去："等我一下。"她没忍心折枝，顺着花茎掐下两串繁茂的花团。

她献宝似的把手里的东西举到他眼前，以掌为扇拨动气流："你闻闻，很香的。"

她的眼睛含笑成弯月，双眸明亮有琥珀的光彩流转。

傅承宴鬼使神差地低头，清浅的花香争先恐后地席卷毛孔。

“很喜欢槐花？”

“是啊。”

“为什么？”他追问。

“小时候看过一部电视剧《五月槐花香》，剧情全都忘记了，只记住了这个名字……”

傅承宴瞳孔紧缩，一把攥住她的手腕：“你说什么？”

力道很大，许甜下意识喊了句疼。

傅承宴松开捏紧的手，许甜揉着手腕后退两步，傅承宴神色恢复如常：“抱歉。”

许甜抿了抿嘴，认真地摇头：“没关系。”

陪站的宋助理全程看得一愣一愣的，不由自主想到一句老话“一物降一物”，兜里震了一路的手机，愈发变成烫手山芋。

安顿好行李下楼，傅承宴接了一个电话，内容全部和工作相关，他走得很快，一米八的个子大步流星。

“文件在我家里，你联系董事长办公室的孙秘书，一个小时后去……”

声音停了，傅承宴的脚步也停了，跟在后面的许甜差点撞上他，急匆匆扶住他胳膊借力。

手指下触感僵硬，许甜奇怪地抬头一看，这一看连她也愣住了。

一个长得很漂亮的女人站在路的中央，正巧将他们堵住。

美人一头乌黑的及腰长发，穿着白色的连衣裙，轮廓柔和安静，再配上微蹙的眉，泫然欲泣的脸，好一个我见犹怜。

许甜张了张口，话刚到嘴边，美人先她开了口。

“承宴……”

一个名两个字，字字柔肠百转，道不尽风情百态。

许甜再大条的神经都瞬间归位，她在傅川处见过她的照片。

季微雨——傅承宴的白月光。

许甜立刻松开傅承宴的胳膊，不知应该感叹季微雨运气好，还是感叹自己运气差，人生中第一个修罗场就这么不期而至。

傅承宴收起电话，站着没动：“你怎么来了？”

季微雨一步一步走近，一臂之隔时，极其自然地去牵傅承宴的手。

许甜神经一跳，傅承宴侧身躲开季微雨的手，季微雨怔了怔，柔声解释：“打你电话不接，我只好跟来了。”

埋怨和娇嗔之情溢于言表。

傅承宴不说话，余光扫过许甜，嘴角难得勾起一丝弧度，藏着让人看不懂的锋芒。

许甜很是茫然，顾不得揣摩他是什么意思，嘴巴却比意识还要灵活：“忽然想到，我刚刚下楼时忘记带手机了，我先……”

傅承宴眼睛危险地眯起，许甜看向他：“可以等我一下吗？”

“没有带就不带……”

“我很快回来！”

许甜越走越快，最后甚至是用跑的，没走多远，傅承宴的声音隐约传来。

“小雨……”

她的心脏猛地一窒，脚步生生顿住，许甜以为自己听错了，转过身问：“你说什么？”

这时候，季微雨的声音也在对面响起：“我在！”季微雨喜笑颜开毫不掩饰，令人刺目，

傅承宴却没有回应季微雨而是盯着许甜，嘴角动了动，把刚刚的两个字又重复了一遍：“小雨……”

许甜感觉到窒息，在傅承宴的目光下，她感觉自己无处可逃。

## 04

许甜推开别墅大门，就滑坐到了地板上。

她陷入混沌的状态，跳动的神经撕扯着意识。

脑海中浮现出那些早已淡忘的画面，许甜闭上眼睛放任自己沉溺在回忆里。

傅川找她时也是这样的傍晚。

校门外的私家车上，司机被支走，他从容地阐述儿子的感情状况，希望她施以援手。

报酬相当可观，傅家大湾项目的合作机会。许家的公司面临资产困境，急需转机，可是涉及道德，她没有同意。

傅川是很好的谈判高手，循循善诱：“他们已经分手了，父母的支持、婚约的牵制，你的胜算很大。”

许甜反问："既然分手了，您还担心什么。"

"破镜重圆有时令人厌烦，需要借助外力让他认清一些事情。"

许甜不明白："您直接插手容易得多。"

"这样容易伤了父子情。"

"事实上，我的存在同样也是您的手笔。"

"他不会知道的。"傅川补充，"成功之后，你来去自由。"

她忍不住问："如果失败了呢？"

傅承宴知道后势必会一脚踢开她，大湾项目必然立刻终止，彼此心知肚明，所以傅川语重心长地拍拍她的肩膀："只许成功，不许失败。"

她不死心："您能找到比我更合适的人选……"

"许家等不及，我也等不及。"

白纸黑字一锤定音，不容她半点反悔和退却。

许甜叹了口气，站了起来，开始就是错的，后面还能怎么修正呢。

她不想回到刚刚尴尬的氛围里，许甜给傅承宴发了一条自己不舒服的消息，然后回到房间休息。

一个小时后，许甜带着零钱去了别墅的便利超市。她买了一点散称的米面、蔬菜和常用的小袋调料。

她是俗人，烟火气不绝，饿了会吃，困了想睡。

天刚黑，霓虹初显，雨打在玻璃里上又慢慢滑落。

厨房门开合带斜了炉中旺盛的火苗，傅承宴声音平地而起。

"你在做什么？"

许甜被声音吓了一跳，没有思考便回答："做饭。"

傅承宴倚在门边招呼她："搁下吧，给你带饭了，出来吃。"

"谢谢啊。"

她岿然不动，用勺子搅拌锅底："我的汤马上出锅了。"

说罢关闭燃气，垫着毛巾起锅，端到一侧更换容器，动作利落流畅，竟然有些赏心悦目。

落地的窗帘高高束起，夜景繁星一览无遗，她一趟一趟端出汤碗盘碟，空荡荡的房子终于有了点热闹的气息。

傅承宴问："怎么不出去吃？"

"我说不认识路你信不信？"

不去餐厅吃饭是怕凑巧和他们撞上尴尬，这么矫情的理由，她不会说给他听。

傅承宴自然不信，跨过她到厨房洗手，过道拥挤，微微推了一下她的腰："听你这话中气十足的，看来是不够饿。"

许甜怔了一下，小声反驳："我都饿得没力气了。"

听起来倒真有点气若游丝，傅承宴拿来两副餐具摆好。

许甜拆外卖的手微顿："你没吃饭？"

"不是说好了一起用餐吗，言出必行。"

她坐下，看他洗了两只玻璃杯盛倒饮料，想到他饿了一下午，愧疚极了："你真的一点东西都没有吃吗？"

傅承宴被她的表情逗笑："吃了啊，我不是约了辉泰的经理用餐吗？"

许甜好不容易积攒的柔软情绪瞬间退散，硬邦邦地说："我以为你不会回来。"

他刚坐下，顺着问："不回来去哪？"

这个问题真是微妙，许甜不知道怎么回答。

"我在广宁市就这一处房产。"

"那她住哪里？"

"关我什么事。"

"你们……"

傅承宴一边倒果汁，顺道掀起眼帘看她一眼："没想到你这么八卦。"

这个话题基本上到此为止了。

许甜给自己盛一碗汤，顿了顿问道："你吃不吃？"

傅承宴点头："感受一下你的厨艺。"

许甜飞快地又盛了一碗："不好吃可别怪我没提醒你。"

白瓷碗推到他面前，傅承宴捏着汤勺拨了拨里面的食物："我把期待的阈值控制在……"后半句话忽然卡在喉咙里。

碗中飘着绿色的菠菜叶，还有软糯的土豆丁、玉米、豌豆，以及又圆又细的面疙瘩，每一颗面中都包着小米。

浑身仿佛忽然锈住，他难以置信地又尝了一口，唇齿间的味道立刻让人有种不知置身何处的恍惚。

他猛地抬头，许甜正一小口一小口地认真喝汤，刘海微微别在耳后，眉毛细长，眼睛弯弯，朦胧的熟悉感呼之欲出。

他张了张口，紧张得连一个字也说不出。

"吃不惯吗？"她问。

傅承宴回神："很好吃，这种做法少见，从哪学的？"

"和家……"许甜想到什么又说，"我家对面的一家小餐馆，有机会请你去尝尝。"

傅承宴不再说话，慢条斯理地吃饭，教养极好。

餐后各自忙碌。

傅承宴处理完工作后到露天阳台抽烟，许甜正坐在沙发上看电视，他抬手找了几个角度，尝试遮住她下半张脸，但很快就放弃了。

电视正在播放一部豪门狗血电视剧，男主角为了报复女主角的父亲，假意与她坠入爱河，最后露出真面目，她看得津津有味。

傅承宴弹掉灰烬，手指无意识地拨动手机屏幕的滑块。

好友刚发来一张照片，拍摄的光线暗淡，但是白纸黑字字字清晰，每个字像冰凌戳进心里，所有心潮澎湃顷刻湮灭。

他能猜到她目的不纯，没想到背后的真相如此讽刺。

真是见鬼了，他竟然在她身上看到了最初心动的影子。

呵，可真是讽刺，下午他才拒绝了季微雨，不知道傅川知道后，会不会觉得这番折腾多此一举。

## 05

回兰陵前，傅承宴还得冒着雨参加一个论坛峰会。

许甜和司机在场馆外面等傅承宴开完会。

阴雨天，温度不高，傅承宴穿着白衬衫，打了一条暗色的条纹领带，衬衫下摆塞进西裤中，整个人长身玉立，稍微点缀一些都是锦上添花。

许甜看得很着迷，司机边为他开门，不忘打趣许甜："傅总真帅啊，是吧许小姐。"

许甜非常诚实地"嗯"了一声，声音软糯。

傅承宴对她的夸奖不置可否，跨坐进后排和司机确认路线，没来得及说什么，电话又响了。

他没接，开始编辑短信回复。

许甜失望地收回目光，摸出手机打发时间。

窗外的光线落在她的脸上，她却缩在座椅中，整个人像只可怜兮兮的小猫，仿佛下一刻就会摊开手臂，索求拥抱。

两人座位中间堆放了好几只礼品盒，傅承宴随手拨了拨，眉头渐渐皱起。

这是许甜给家人朋友准备的特产和礼物，怕送错，还细心地在每个盒子上贴了一张便笺纸，标注礼物的获赠者。

傅承宴一个接着一个查看，看完后，目光几乎能渗出碎冰。

车厢内气压低迷，许甜忍不住开口："堆在这里有点乱，我还是都放到后备厢吧。"

"不用。"

傅承宴终于说了上车后的第二句话，他压了压眉心，硬邦邦地问："我的呢？"

"什么？"许甜没明白。

"没有我的礼物。"

司机从后视镜瞅了瞅两人，抿嘴偷乐。

这个问题她真没想过，毕竟这次来广宁是两人一起。

许甜张了张口，立刻收到来自傅承宴的无声警告:胆敢答错一个字，就把她丢下车。

许甜扭身凑近，指尖碰了碰他："我请你吃饭吧。"

傅承宴连眼皮都没抬："不吃。"

许甜干脆双手托下巴，无赖地追问："你想吃什么，我下厨做。"

这回他终于有所动容，表情将信将疑："你说的？"

"是啊，言出必行。"

这个熟悉的成语巧妙地将氛围回溯到出差的第一日晚上，虽然对话并没有什么影响，好在缓和了他脸上的冰冷。

全程旁观的司机，"扑哧"笑了声，他在傅承宴追责前，赶忙选一首舒缓的音乐转移炮火。

钢琴曲平缓悠扬，许甜靠在座椅上昏昏欲睡。

四个多小时的车程一晃而过，傅承宴的声音从身侧传来："去福晟商区。"

"好的。"司机打方向盘，拐进三环的高速入口。

许甜的意识随之回笼了："怎么不回家？"

"不急。"说罢，闭起眼睛养神。

许甜左看看右看看，慢慢大胆地打量他。

从饱满的额头到眉峰睫毛，从高挺的鼻梁到嘴巴耳朵，每一分每一寸都长得恰到好处。原来怎么没发现他长得这么好看呢……许甜恍惚着回忆寥寥无几的过往。

而傅承宴就是在这一刻睁开了眼。

四目相对，许甜愣住了，心虚地笑了笑："快到了。"

后者摸了摸鼻子，没说话。

车子停稳，许甜刚解下安全带，人便被傅承宴拉下车："走。"

"去哪儿？"她跟不上他的节奏。

"买东西去。"

"买什么？"

"礼物，我的礼物。"

最终，许甜在傅承宴的监督下，买了一对袖扣，菱形的黑曜石设计，低调奢华。

导购刚把袖扣装进盒子中，傅承宴又让她准备一张礼品卡。

许甜刷完卡来找他，黑色的签字压着淡紫色的卡片一并被推到她面前："怎么？"

"送礼物的诚意。"

等她将贺卡递给他，他掂在手中摆弄几下，脸上终于出现了平日里的温和。

许甜神奇地发现，这笔不菲的支出并没有让她感到肉疼，竟然有点乐在其中，这败家的基因也不知道遗传了谁。

06

自从上次和傅承宴一起从广宁回来之后，许甜就许久没有再见到他。

休息日的时候，许甜与好友相约看电影，很巧合地碰到正在逛街的傅母。

傅承宴最近格外忙碌，两人有段时间未见，傅母也没机会和许甜碰面，于是亲切地拉着她说话，还试图拐许甜到家中吃饭："甜甜吃过艾窝窝吗，这次阿姨学了新的做法。"

许甜的电影散场比较晚，傅母遗憾极了："只好下次了。"

分开时，又不经意问她一遍："电影九点半才结束吗？"

许甜点点头，没有多想。

电影谢幕，许甜和好友随人群离场，拐上滚梯时，"巧遇"了立在娃娃机旁边的傅承宴，他手里捏着一只黑白两色的企鹅娃娃。

他这次穿得更随意了，黑T恤、休闲裤，脚上是一双运动鞋，头发没怎么打理，像是随便抓了两把就出门。

他看着许甜露出温柔的笑意，一步一步走近，靠近时把企鹅娃娃递给她。

许甜的心波动了一下。

傅承宴绅士极了，礼貌地和她的朋友打招呼："不早了，我送你们回家。"

好友惊讶地掐了许甜一把，然后找了机会开溜了。

不一会儿这方天地，只剩他们两个人，傅承宴慢慢敛起融融的温和："去三层坐坐吧。"

他情绪太过平和，平和到有种超然物外的洒脱。这种没有任何包袱和负担的情绪，让许甜想到了一个词——真相大白。

她意识到了什么，嗓子蓦地发干，怀中的娃娃变得如有千斤重，让她快跟不上他的脚步。

大湾项目平稳推进，季微雨没有再出现过，一切好像都可以戛然而止，复归原位。可是心中的那座天平却不知不觉地倾斜了，因为他是傅承宴，也因为他是……

许甜和他在茶吧一隅坐下，她忐忑地等待宣判。

傅承宴似乎也不想拖泥带水，从裤子口袋掏出两张折叠起来的 A4 纸。

他慢慢展开，她的神色由茫然到了然再到如释重负，傅承宴呼吸一滞："你自己说。"

许甜的视线慢慢定在他的眼睛上："对不起。"

"为什么答应我爸？"傅承宴声音发紧。

"公司……"她喃喃地说。

傅承宴的目光微凛，渗出结冰的冷意。

原因已经随白纸黑字铺陈，许甜无话可说："这件事你妈妈不知情，我爸妈也不知情，终止大湾项目，可不可以不要让他们知道缘由……"

说到最后有些哽咽，索性不说了。

她很喜欢用肯定叠否定的句式问人问题，事先给人提供好选择，以便掌控局势。

傅承宴心头堵着一把快要点燃的火，就差一个火星，偏偏又抱有一丝侥幸："还有吗？"

从签下名字的那天开始，她就做好随时暴露的准备。

不愿承认，可这就是事实，心像是被剐走一块肉，憋闷而窒息的疼。许甜视线有些模糊，眨了眨眼，她抬手在后颈摸索片刻，解开项链的搭扣，自领口拉出戒指取下，慢慢搁在桌面的方巾上。

许甜终于找到自己的声音："很抱歉，以后……以后我不会再来打扰你。"

许甜垂着头，傅承宴用了好几秒才压下破土而出的怒意。攥着戒指的拳头不断收紧，卡进掌心一片疼痛，他冷笑地吐字："如你所愿。"

许甜没有再看他，抓起包匆匆离开。

一步两步，头也不回，带走所有可能留下的痕迹。

傅承宴忽然猛地站起来，拔腿便去追她。

电梯停在顶楼，她按了几下，很快朝着手扶梯走去，傅承宴额角青筋隐忍，大喊："许甜！"

她脚步微顿，发觉眼角湿润，抹了一把才回头，平静地问："还有什么事？"

"我……"

"段景言！段景言！"

"让让——让让——"

变故来得非常快，上升的扶梯忽然冲出许多扛着长枪短炮的记者和年轻的小姑娘。

来不及做出反应，许甜便被淹没在人群中，又不知是谁撞到她肩膀，将她撞倒。许甜脑中一片空白，以为自己在劫难逃时，手臂忽然被人拉住。

接着，她就跌进一个安全的胸膛中。

耳边全是嘈杂吵闹，一声一声地喊着段景言，其中有个声音十分洪亮更为拔高：“傅承宴在这里！”

另一边立刻有人附和：“是峰润的傅承宴。”

“天啊，大湾区的少东家！”

“傅总！”

“傅少！”

越来越多的人围了过来，正被傅承宴搂在怀中的许甜，第一反应是捂脸。

但傅承宴的动作比她快，比闪光灯也快，不由分说地拨开她的手按下一枚口罩。

“别动。”

声音从胸腔发出，透过脊背振动她的心脏。

闪光灯晃得眼前色彩模糊，他撩开她的齐肩短发，“啪嗒”一下将两边挂绳卡在耳后。

一瞬间，许甜的世界安全了。

大湾区产业发布会有记者采访了傅承宴，并将视频上传到网络，傅承宴随之小火一把，网友无一不称赞这个长相出众、能力卓然的年轻人。

而那位以正热播的豪门狗血剧走红的段景言，很快发现变动，立刻请安保帮忙疏散。

许甜自始至终都压低脸来降低存在感。

他们随着指引退到活动品牌的店内，跨进严防死守的玻璃门，终于脱离围困。

傅承宴松开她，拍了拍她肩膀："安全了。"

两人目光相撞的时候，傅承宴的呼吸却丢了。

他睁大眼，手指颤抖地托住她的下巴，仔细端详这张脸、这双眼睛，胸腔中火热的一颗心在剧烈地跳动，几乎崩裂而出。

他不可置信地动了动嘴唇："小雨滴？"

这一声称呼，漂流过九年光阴，终于落在心湖生根发芽。

许甜只看他一眼，便猛地用力推他。

傅承宴没防住，被推得后退两步，许甜趁机夺路而逃。

她走了另外的门，傅承宴拔腿去追。

门外有三三两两的女孩谨慎地向内张望，傅承宴分开她们时，外面已经没有许甜的踪影。他问等候段景言的粉丝："从这里出去的人朝哪个方向去了吗？"

"朝东。"

"朝南。"

"北边。"

"南边。"

其中四个人异口同声。

傅承宴重重呼出一口，拳头猛地砸上一侧的玻璃门，几个女孩子吓得面面相觑。

07

十年前的兰陵市，发生过许多事情。

兰陵市成功举办第一届篮球赛，新任区长推陈出新发展旅游业……而在兰陵第一医院的病房里，意外腿骨骨折的少年已经两天没吃东西，床头放着的早饭已经凉透。

被球队队员拜托的女孩从门外探出头，手中提着紫色的保温桶："你不饿吗？"

他回头看她一眼，又冷冷地别过头。

女孩因为严重的过敏症状一直戴着口罩，灰尘、唾沫都是她过敏的源泉，不仅不能离开病房，还因为过敏的药忌冷，随身携带着保温杯。

不知道为啥，虽然傅承宴从没给过她好脸，女孩却仍坚持不懈地向他靠近。

女孩有条不紊地端出饭菜放在他面前，眨了眨眼睛，开口道："这么热的天，我来送饭，是怕你不吃饭腿伤不能恢复，如果一直不痊愈，你还怎么继续打球呢。"

他愣了一下。

女孩擦了擦额头的汗，眼神装得凶凶的："你不想吃，我以后就不来了。"

有些威胁的语气惹得傲娇的少年心头都微微动摇，眼看她要离开，忍不住闷声说："我吃。"

"这就对了嘛。"

她眼睛笑成弯月，迎着日光的眸子闪着熠熠光辉。

他是真的饿极了，很快吃完一碗汤饭。

菠菜叶、土豆丁、玉米、豌豆以及小米裹面粉，他以前从没有吃过的食物，却像是人间美味。

女孩拧开保温杯给他倒水，献宝似的端给他："你尝一尝。"

他被她的殷殷表情打动，喝下一口，瞬间唇齿留香。

女孩笑得更加开怀，双眸盈有碎钻："这是槐花茶，好喝吧。"

"嗯。"

她每日都来给他送饭、和他聊天，从不缺席。

有一段时间，她总是来也匆匆去也匆匆，傅承宴忍不住问她，原来是因为最近电视上在播一部叫《五月槐花香》的电视剧，她喜欢到都不理自己了。

有时，她也会带作业来写，写着写着歪在桌边睡着。

他腿脚不便，无所事事，就这么看着她，时间过得很慢又很快，直到队友风风火火喊着"九哥"来探望他，才将两人唤醒。

大家都喊她"小雨滴"，因为队友不小心逗哭她的时候她的眼睛像下雨，而她也学着他的队友叫他"九哥哥。"

那些无缘篮球赛的不甘和悔恨，以及敏感自尊心下的羞愤慢慢因她的出现变得稀薄疏淡，最终化成一缕烟消失不见。

潜移默化的陪伴最为致命，让一个人习惯另一个人的存在。

持续两周的篮球赛结束，他与队员一起返回学校。

离开前，她来找他，不是送饭而是带给他一个礼物："外婆说这个能消灾辟邪。"

红色线绳吊着一枚山桃核，崎岖的纹路浓缩成了一个圆形。

他珍视地接过来，系在钥匙扣上：“谢谢你，小雨滴。”

感性的少女，不舍都显露在眼里，湿漉漉漾着水光：“等你脚伤好了，就能继续打球了，我都没见过你打球。”

“下一届篮球赛我还会参加，我给你留入场券。”

“好啊，一言为定！”

那时的他 17 岁，女孩 15 岁，他没看过她的脸，只记住她的眼，魂牵梦绕十年。

一梦荒芜，傅承宴惊醒。

找她摊牌，是想让彼此之间不再复杂，他多么希望她哪怕有一丁点的心动了，才会与他牵扯，而许甜却躲起来了。

她说到做到，从他的生活中彻底消失。

傅承宴用尽人脉也找不到她，心中一阵阵地发慌。

就如同年少挥别后的第二年，他因高考忙碌缺席了篮球赛，等到高考结束回去寻找，人海茫茫一无所获。

无所寄托的情感，飘飘浮浮无处安放。

而季微雨之于他，不过是一个又一个的巧合错认。本就薄弱的一点情意也在不断磨合中消失殆尽。

最先意识到情况不妙的是傅承宴的母亲，某日无意在儿子床头发现订婚女戒，立刻揪住他质问：“你们吵架了？”

不等傅承宴回答，便不分青红皂地指责：“你呀，也都不知道让让甜甜，女孩家脸皮薄好面子，傻儿子你先低个头道个歉。”

傅承宴叹了口气："我找不到她。"

“躲起来了？”傅母立刻想歪，“难道你和季微雨……你们！”

“没有的事。”

“那怎么……”

儿子心事重重，什么也问不出来，傅母思前想后，拨通了许家的电话，却被告知许甜出去玩了，一时联系不到。

## 08

七月流火，八月萑苇，不知不觉盛夏步入尾声。

许甜下了古筝课，骑着自行车到兰陵一中对面的蛋糕店取生日蛋糕。

一个人的生日虽然冷清了点，形式还是要走一走的，她还买了面条准备给自己煮长寿面。

计划赶不上变化，她竟然在兰陵一中门侧的光荣榜前碰到了上学时的玩伴苏乔。两人多年不见，她手上又提着蛋糕，苏乔立刻相约帮她庆生。

她们晚上去了一家清幽的小餐馆，老板还是当年读书时的那一位。

时光匆匆，带走了一些人，不变的依然在那里。

一时感慨颇多，饮了不少酒。

老友许久未见的话题能畅聊两天两夜："听说你订婚了，打算什么时候结婚，别忘了给我送喜帖。”

“别提了……”

酒精淹没了许甜刻意保持的冷静，她的思绪格外活络。

从现在到过去，又从过去到现在，她想到自己站在区体育场外面，迎来一队又一队的少年，送走一队又一队的少年，最终没能等到她想见的那个人。

“有缘无分吧。”

苏乔不好再追问，安慰她：“遇到对的人就叫有缘有分了。”

“不说这些了，喝酒。”

许甜一瓶一瓶地喝，纯粹想把自己灌醉。

苏乔对自己的酒量十分自知，于是趁着尚清醒时，叮嘱同在隆川的表哥善后。

傅承宴收到段景言的信息时，正在外面吃饭。

对方言简意赅，一个兰陵市的定位，附加一个微笑的表情。

傅承宴一瞬间心如擂鼓，他猛地站起来，拿起衣服往外走。

朋友一脸莫名：“什么事这么急？”

“终身大事。”

他一刻也等不及，连夜驱车开往兰陵。

两个小时车程，他七十分钟就飙到许甜在兰陵落脚的房子。

段景言的女助理守在外面把钥匙交给他：“许小姐喝醉了，现在已经睡下了。”

“有劳了。”

他马不停蹄地上楼，踩过一个又一个台阶，终于站在门前深深地呼吸。

她在干什么?

一定是在睡觉了，动作要轻一点，不能吵醒她。

他设想了很多画面，她安静躺着睡的，不老实胡乱睡的，甚至于摔倒在地板上睡的……然而这些统统没有现实的画面让他猝不及防。

客厅的灯开得很亮，她就靠着沙发席地而坐，一条腿撑在茶几上，一条蜷缩支起下巴。偏偏这么高难度的动作，她竟然还能睡得香甜。

一路的担忧忐忑，以及想见到她的迫不及待终是化成嘴角一缕柔软的笑。

他靠近她，拦腰将人抱到沙发上，手背却摸到一片湿润。

喝醉酒的许甜一点也不老实，竟然还给自己洗了澡，记得洗澡却不记得擦头发，他摇头失笑。

傅承宴找来浴巾满满裹住她，又拿干毛巾帮她吸干发梢的水。

许甜闭着眼睛，没有任何回应，傅承宴抱了一会儿，手臂又被她的头发打湿了，他叹了口气，翻箱倒柜才找到一个老旧的电吹风。

睡得深沉的人，却在电吹风通电工作时，开始挣扎。

“不要碰我。”

满口的麦芽酒香熏得他愣神了。

许甜推开他，自己立刻东倒西歪地栽下去，傅承宴赶忙伸手接住，继续对着她的头发吹。

傅承宴不想和一个醉鬼计较，可醉鬼偏偏要和他计较："说了别碰我……"

她睁开迷迷蒙蒙的眼睛，他的心猛烈地跳动，他隐忍地握着她的手臂："别闹。"

"不要你碰我。"

许甜眉毛皱成两个小疙瘩，控诉他的得寸进尺

终于吹干她的一头黑发，傅承宴拔下插头，俯身逼近她，问："那谁可以碰？"

许甜喝醉了，耳朵却没醉，歪着头思考起来，须臾娇羞地说："九哥哥……"

"……你说谁？"他的声音哑了。

"傅承宴。"

说罢，许甜跌跌撞撞地跑回卧室，口中嘟囔："我的手机呢，我好久没给他打过电话了……"

她果然早就认出他了，傅承宴心中五味杂陈。

他在后面一步一步跟上，在她跪在床边编辑短信时，拦腰抱住她："我在呢，小雨滴……"

唇蓦地压下来贴近，他终于如愿地吻上这双让他魂牵梦萦的眼睛。

许甜怔住了，并没有反抗："你是九哥哥吗？"

"是我。"

许甜睁开眼时，已经日上三竿。

她睡在床中央，迷茫了片刻，忍不住叹了口气，原来是一场梦，

他怎么会来呢，他那么讨厌她，讨厌那个合约。

她抹去眼角的一点湿意，穿衣起床。

傅承宴推门进来，她刚好在套T恤。

两人均是一愣，前者立刻转身，后者张大嘴巴："你，你，你……怎么进来的？"

她穿好衣服，他才面向她："用你的钥匙。"

许甜看着他沉默良久，说："傅承宴，签合约的时候我不知道是你，如果知道我不会签的。"

"我知道。"

"本来想单纯一点地喜欢一个人，没想到从开始就错了，我不该对你有非分……"许甜有点哽咽，叹了口气。

傅承宴忽然倾身抱住她："是我对你有非分之想。"

许甜闭上眼，手微微蓄力，汲取这个怀抱的温暖。

他继续说："我把季微雨当成你，是我的错。"

她的手握成拳头。

"十年了，小雨滴，我不想放开你，也不想错过你。"

许甜的眼泪再也忍住，成串成串的流淌，最后变成号啕大哭。

十年的等待终于开花结果，她以为季微雨是他的白月光，原来她自己才是，那月光被捧在手上，印在心里，一辈子放不下。

END

# 灯笼街

DENG LONG JIE

文/阡陌

才不足取，貌不足凭，
出道即巅峰的三十八线卡文作者。

城北有个贫民窟，贫民窟里有条巷子，巷子有个全城皆知的名字，叫灯笼街。

灯笼街，顾名思义，住的全是扎灯笼的。每逢八月十五、正月十五，灯笼街里都是一派喜气，破败的草墙下，堆满了绸扎的艳色灯笼。小孩子的手边嘴边都被大红绸子染了色，匠人们身上整日挂着掸不干净的线头布角。

灯笼们还未装蜡烛，就那么随意地堆着，一堆一堆的灯笼中间追逐穿梭着各家的半大孩子，又杂乱又喜庆，破败的矮房群也只有这个时候才能显出一点生机。

除了这两节，平日里，这巷子也能接到点活计。婚丧嫁娶，红白喜事，少不了几排灯笼挂起来，充个门面。只是一条，有小孩子的人家，断不能接白灯笼的活儿——这是灯笼街流传着的老规矩，说是丧事会冲了孩子的阳气。

七月的最后一天，巷头那对小夫妻终于得了个闺女。从此，灯笼街里只有三爷一人能扎白灯笼了。

三爷是这灯笼街里住的第一个人。他年龄其实不大，才刚过二十九岁，但整日埋头干活，便显得苍老了些；再加上他平日里寡言少语，常板着一张脸，更显得威严了几分，整条巷子的人便都称他“三爷”。三爷还未婚娶，自己住在巷尾的小房子里，他脾气不好，可人却也不坏，整日除了扎灯笼便是睡觉，偶尔晚上坐在门口台阶上，自己倒一杯酒，望着天，能喝到月落日升。

三爷还有个怪癖，但凡看到好看的野花野草，总要想方设法地移植到自己的小院子里，精心伺候起来。若哪天卖灯笼的生意好了，有了点闲钱，还会从集市上带几株便宜的花回来种上。这灯笼街，住的都是穷苦人家，整日为了讨生活已是筋疲力尽，哪有这般闲情逸致。因此，三爷的小院子是个不一样的地方，远远瞧着，就有一股格格不入的气息。

巷子里的小孩子多少都有些害怕这个不爱说话的伯伯，大人们也嘱咐自家的孩子不许亲近他，谁也摸不透他的脾气，总觉得他会伤了自家的孩子。

可猛子不一样。

猛子八岁那年，贪玩爬到房顶上，不小心跌下来，被竹篾子扎了腿。家里爹妈都出去送货了，屋后又少有人来，猛子拖着腿不敢动弹，哭喊也没人听得见。

也不知三爷是怎么发现他的，默不作声地出来把猛子抱回了自己的小屋，帮他处理好腿上的伤口，又把脸和衣裳抹干净了，省得他被爸妈训斥。三爷全程都黑着脸，也不说一句话，只是手脚麻利地把猛子收拾好，才冷冷地说了一声“走吧”。猛子吓得有点呆了，一步一步挪到门口，怯怯说了句“谢谢”，转身就一溜烟跑回了家。

但是打那天起，猛子就莫名想亲近这个人。夏天闷热，三爷开着门扎灯笼，猛子就趁爹娘不注意跑到门边坐着看他扎灯笼。三爷不撵他，也不理他，自顾自扎完了灯笼，抬眼说一句“回吧”，便起身来关门。如此几次后，猛子终于忍不住问了一句：“三爷，您能不能做我师傅啊？”

灯笼街里这样的穷人家，没别的出路，灯笼街的孩子长大了还是扎灯笼。不过，这手艺一般都是自己的爹妈教，或是爹妈委托别人来教。三爷知道这不合规矩，但也不想跟他多解释，只回了一句：“你问你爹妈去。”

第二日早上，猛子一见三爷开了门，便兴冲冲跑过来：“我爹妈说行！”

三爷这才抬头好好打量这个孩子，良久，道出一句：“我话多，做我的徒弟，得有耐性听我说话。”

猛子“扑哧”一声笑出来。这大伯出了名的不爱说话，竟说自己话多。他想都没想，这个事就应下了。

做了三爷的徒弟之后，猛子才知道，三爷的话是真的多。

收了徒弟，三爷便开始关门干活。从挑竹子破竹子到裁花样扎灯笼，每一道工序里都有说不完的学问。猛子每动一下手，三爷都有几十句点评等着；手艺学得差不多了，便又开始讲解灯笼的样式，每种样式要用什么颜色，用在什么地方，卖给什么人，也都有讲究。

猛子好奇，忍不住问：“从前怎么不见你说这么多话？不知道的还以为你是个哑巴。”

三爷仍是冷着脸，一边熟练地破着竹子，一边头也不抬地回道：“教你做事，自然是不得不说话；平常跟那些人也没什么来往，为什么要跟他们说话？哪里有那么多话！”

猛子和三爷熟了，话题自然也多了起来。猛子喜欢听三爷讲他年轻时候的事情，每次干完了活，回家吃了晚饭，就又跑回三爷的小院子，搬个小马扎坐在他旁边，看着他一边望着天一边喝酒，顺便讲点从前的事。

于是猛子知道了，三爷是个落魄书生的独子。父亲白天在私塾里教书，晚上便在家里教他，一家人虽然清贫，但是过得也算安逸和睦。十三岁那年，村里不知怎么发起了瘟疫，爹娘双双去世后，为了活命，三爷进了城，在一个富商家做长工。富商有三个孩子，大儿子在外求学，大女儿已经出嫁，还在家里住着的只有一位二小姐。

“说到这小姐啊，”三爷啜了一口酒，眯着眼睛看着天，“可真好。”

“怎么个好法啊？”彼时猛子已经渐通人事，嬉笑着打量三爷。

“知书达理，温柔贤淑，待我们这些下人都是温声细语的，对谁都一样的好。真好。”

“那后来呢？”

“后来啊，”三爷喝完了杯里剩下的半口酒，起身准备关门，“后来他们家搬家了，老爷把我们都遣散了，我就改住到这来了。回吧！”

猛子知道三爷没说实话。那晚提起了小姐之后，三爷的话就少了，坐在门口喝酒的次数却多了，院子里不知哪里挖来的野花也多了起来。再缠着他讲故事，讲的便都是灯笼街早年的事情，他早年的徒弟，和一些不起眼的小事。

那日猛子的娘发现自己又有了身孕，便叮嘱猛子，不许扎白灯笼了，三爷扎白灯笼的时候他也不许帮忙。那晚三爷又坐在门口喝酒，猛子便坐在他身边发牢骚："这是谁定下的规矩？什么道理！"

三爷顿了顿："我定的。"

"嗯？"猛子有点不信，"你不是向来不信这些阴阳鬼神的东西吗？"

"我是不信，"三爷脸上竟浮起一丝难得的狡黠，"但是有了这个规矩，能扎白灯笼的人就少了，那些年轻人总是要娶妻生子的。到头来，巷子里就只有我这一家能扎白灯笼了。"

"这白灯笼不比红的赚钱，也不比红的省劲，你图个啥。"

"你不懂啊，"三爷还是望着天，"你不懂！"

今夜是下弦月，月儿细细的一丝坠在天边，好像下一秒就会消失得了无踪迹。

这晚三爷喝多了，眯着眼睛又跟猛子说了好多以前没说过的故事。

那小姐待谁都亲善，又爱笑，长得不说有多好看，但胜在灵动可爱，又清秀端正，笑起来一双眼睛弯得像月牙儿，小梨涡一闪一闪的，怎么看怎么讨人喜欢。家里年轻些的下人，都对小姐怀了点心思，当然他们也明白，这痴心妄想是不可能实现的，因此也没人做什么越界的事情，只是放在心里想想罢了。

小姐十五岁那年的正月十五，十六岁的刘三娃用小时候母亲教的手艺给小姐扎了个与众不同的灯笼。那灯笼通体是个蝴蝶形，精心绘了七彩的花样，又用绸子扎了一对能扇动的翅膀。小姐喜欢得不得了，拎着在街上转了一圈又一圈，一个个逮着显摆给熟识的小姐少爷们看，蜡烛燃尽了才肯回家；待节过完了，小姐仍不肯扔了灯笼，整日挂在床头上看着。因为这个，小姐注意到了刘三娃这么个人，平日里见了他会多说上两句话，日子久了，知道他读过书，会识字，加上年龄相仿，便与他亲近起来，总是让他陪自己出去玩，去放风筝，去街上买花，有时也叫他陪自己读书，凡是不用奶娘伺候的事情全都喊他来做。除了不常在家的老爷，全家上下都看得出来二小姐对这个长工不太寻常。

“那你怎么不娶了她，入赘给她家做女婿啊？”猛子听得兴起，全然没注意到三爷红通通的眼眶。

“她没经过世事，十几年过得顺风顺水，自是什么也不懂，看了几个小姐书生恩恩爱爱的话本便觉得新鲜，觉得那是现实中也会发生的事。可我知道，那话本儿里讲的都是故事，我配不得她，她该有门更好的亲事。小姐几次暗示我她要去她父亲那提入赘的事，都被我装作听不懂给拦下了。她还小啊，她懂什么呢。”

“再后来啊，她就要出嫁了，是门好亲事。前清林举人家的公子，书香门第，有钱有权，那林公子谦谦有礼待人和善，长得也周正。小姐不肯，可拗不过老爷。出嫁前一天晚上，她叫我去她窗边，我扒着窗户跟她说了两句话。一句是，那是户好人家，必会好好待你，你以后过的也一定是好日子；还有一句是，你不许学那话本儿上寻死觅活的法子，你得好好活着，只有活着，才有心力惦记我。”

“那她说什么？”

“她只是哭，哭得说不出话来，扯着我的袖子不让我走。那天是十五，我跟她说，你看这月亮，多好看，词里不是说千里共婵娟吗？你活着，我也活着，以后每天晚上你都抬头看看月亮，我们也就算是一起过了一辈子了。"

"后来呢？"

"后来啊，"三爷喝干了杯里的酒，伸手去摸酒瓶，才发现酒瓶也空了，"后来就没听说过她的消息了。她出嫁那天，我收拾了几件行李，跟管家结了工钱，辞了她家的活计。那天我一直向着城外走，走到这儿，突然就不想走了。我想着要是走得远了，看见的月亮就差得太多了。当时这里还是片荒地，我搭了个草棚，算是安了家，靠扎灯笼的手艺挣钱。有次出去卖灯笼的时候，看见个还是娃娃的小乞丐，于心不忍给捡回来，就收了当徒弟，在旁边又搭了个草棚。就这么着，捡回来几个徒弟之后，挣了点钱，盖了几间房子。后来，我们几个的手艺有了点小名声，便有吃不上饭的人特意投靠过来学手艺，为了混口饭吃。再后来，有的人走了，又有人来了，有人盖了房子，有人娶了媳妇成了家，就成了这灯笼街了。"

"那她呢？后来她怎么样了？"

"她啊……"三爷怔怔地叹了口气，后来，就没听过她的消息了。她若过得好，应该早就把我给忘了。

"我没娶妻，也不想成家，就一个人好好活着。我跟她拉过勾发过誓，得好好照顾自己，才能天天看着月亮念着她。我就想在这守着，给她种一院子的花，守到她没了的那一天，至少还能再给她扎一次灯笼。"

"那……"猛子觉得这话不吉利，但还是没忍住问了，"那要是你走在她前头怎么办？"

三爷红着眼圈，竟咧开嘴笑了："那不成！跟你说啊，阎王爷来找过我两次了，我没跟他走！我跟阎王爷说，我跟人约好了一起过一辈子，不能撇下人家先走。我还欠人家一盏灯笼没扎呢！”

猛子看着三爷有些滑稽的反常模样，一时竟不敢确定他今晚说的几分是真，几分是假。

“回吧！太晚了，你娘要担心了。”

九月初，一个管家打扮的中年人匆匆来到灯笼街，打听哪家肯接急活儿。一听是白灯笼的活，大家纷纷指向了巷尾的小矮房。

“我家少夫人今日突发急病，竟不到两个时辰就咽了气。事发突然，也没个提前准备，可风水先生看了八字，说明日必须发丧，这……明日之前能赶出两箱灯笼来吗？”中年人神色焦急，但也彬彬有礼。三爷听完摆摆手，说了句可以，便示意猛子关门送客。中年人见猛子起身赶自己走，有些急了，抓着门框又补充道：“少夫人说了，不要那普通的圆灯笼，要蝴蝶形的！”

“你说什么？”三爷猛地抬头，猛子也愣住了。

“少夫人临走前的一刻钟，一直像个小孩子似的吵嚷，一会儿说要去放风筝，一会儿又要我们找话本来给她看，还说，要是她走了，丧礼上的灯笼要蝴蝶形的，有翅膀，能扇动的那种，”中年人说着说着，又叹了口气，“算了，怕是她回光返照时的疯话罢了。”

“你等等，”三爷的眼圈红了起来，“你可是城东林举人家来的？”

“正是。”中年人神色一怔，“您怎知……”

“你家少夫人与少爷恩爱吗？”

“很是恩爱。少爷待少夫人很好，少夫人也很仰慕我们少爷的学识，一直举案齐眉，相敬如宾。”

“你们少爷可有娶妾？”

“未曾。”

“少夫人这一生，可平安？可快乐？”

“少夫人一生都过得很好，衣食无忧，儿女双全，整日都是笑着的。”

“少夫人临终前，还说了什么？”

“也没有了，”中年人微微皱眉思索了一会儿，“还有一条，不知算不算。她说，墓地要选个能看见月亮的地方。我们少夫人没别的嗜好，就是喜欢天天晚上跑到天井下头看月亮。”

“我知道了，”三爷埋下头，摆了摆手，“回去吧，留个地址，明天天亮的时候灯笼会送到你府上。”

“那，多谢您费心赶工了。”中年人行了个礼，把名帖和定金交给猛子，转身离开。

“猛子，你也回去吧。你娘要生了，你沾了这个不吉利。”

那天，三爷的房门再没开过。猛子瞧着三爷的窗口，蜡烛暗下去几次，又几次点上新的。屋里很安静，靠近了才听得见细绳缚在竹子上的细微声响，好像他只是在赶一个普通的急活，又好像，三爷打算把命都搭在这一单灯笼上。

凌晨，天刚微微亮，猛子听见有人在敲自己的窗沿。他一个激灵醒过来，看见三爷站在窗外。

“猛子，再替我办个事情。”

“好，您说。”猛子还没完全清醒过来，揉着眼睛慌忙穿衣服。

“别着急，路上小心些，替我把门口那两箱灯笼按着名帖上的地址送去林举人府上。灯笼我扎好装箱了，千万小心些，路上颠簸，可别碰坏了。天亮前要送到，答应了人家的，人家还等着用。"

"好，我这就去，"猛子跳下床去穿鞋，突然想起什么，又折回窗口，"那您呢？您不亲自去？"

三爷已经转身往回走了，听见猛子叫他，住了脚，缓缓回过头，背佝偻着，头发白了大半，好像被这一天一夜的赶工耗尽了精力。

"我就不去了。阎王爷又来叫我了，这次，我没借口不跟他走了。"

猛子还没明白过来这话的意思，三爷已经回到了他的小房子里，死死锁上了门。门口，整齐摆着两个大箱子。

林家少夫人的丧礼，后来成了全城经久不衰的奇谈。据说那天，送灯笼的小工拉了两大箱灯笼过来，箱子一打开，竟是满满两大箱栩栩如生的蝴蝶灯笼，就是城里最见多识广的人也从来没见过这个样式的灯笼。

林少夫人的灵柩运往墓地的路上，那些蝴蝶灯笼就稳稳悬挂在灵柩上方，多大的风也吹不散。灵柩安葬好后，灯笼竟突然炸开成一群白蝴蝶，围着夫人的墓转了一圈又一圈，半个时辰后才四散飞走。

那天，满城都飞着白色的蝴蝶。

隔天，死去的蝴蝶落得全城一片雪白，好似纷纷扬扬下过了一场大雪，又好似铺了一地清澈的月光。

那天之后，灯笼街里便再没有能扎白灯笼的人家了。

END

年 月 日

年 月 日

TANG YI PAO DAN

# 糖衣炮弹之恋爱有你

LAN AI YOU NI

LOVE WITH YOU

## TOP1 男友

CHARACTER

《TOP1 男友》SSR 图鉴

——回顾过去的历代“糖衣男神”

决出你心中第一位的男主角！

TEAM“不完美”的

·完美男神·

TEAM“非人”的

·非常男友·

# 人气少年图鉴

SSR
平光
非常男友
《河神的新娘》
我看上的小姑娘，
谁都不能欺负。

SSR
阿蛋
非常男友
《他的蛋》
怕你认不出我，
但现在，我来了。

SSR
广白
非常男友
《遇见一只妖》
我的白菜只有我能拱。

SSR
陈子熠
非常男友
《私闯狼宅的后果试举例》
你接受了我的时候，
我就像看到了光。

“非人”的
非常男友
图鉴套

LOVE WITH YOU

人气少年图鉴
SSR
刘以航
完美男神
《抠着花呗》
我用力抠，你使劲花，我们天生一对。
SSR
赵宇琪
完美男神
《您的麻烦精已上线》
她是我的天使，包容麻烦的我。
SSR
高淮
完美男神
《傻瓜一根筋》
你从小就很可爱，很多人喜欢你的，我也——
SSR
江寒
完美男神
《仲冬夜之梦》
剩下的交给我。
“不完美”的
完美男神
图鉴套
LOVE WITH YOU

# 《糖衣炮弹》已经走过 99 期

99 的《糖》，99 的你的陪伴。
每一个少年都感恩与你的相遇，
感恩你对《糖衣炮弹》的支持，
在空白卡面上填入你心中的《糖》系男主 TOP3 小哥哥
（不限于以上 8 位）

NO.2

NO.1

NO.3

拍下此页发到微博并 @ 糖衣炮弹 Mook，
我们就将随机选取小锦鲤们送出神秘大礼哦 ~

糖衣炮弹**第二季**，浪漫与爱将再度升级。等你来看最甜蜜的故事，你准备好了

# 唐依的日记

08：00

起床，洗漱，啃两个小面包。

09：00-16：00

上课、打瞌睡、吃东西，嘿嘿嘿一天就过去了，等等！！啊啊啊啊，我的稿子还没写。

第二季《**制服引力**》怎么办！写个什么人设呢？**电竞大佬** vs **笨蛋黄牛**？**帅气医生** VS **花痴病人**？**女仆学姐** VS **腹黑学弟**？哟，这么天才的梗，我可以！我一定可以！

16：30-18：00

音乐社团队活动，虽然吴棠总说我是矮子，但她弹起吉他来还是挺帅的。今天也是没有看见社长的一天！唉，又不知道跑哪里嗑 CP 去了！

18：30-19：30 回家吃饭，今天又有最讨厌的胡萝卜。

19：45-21：30

写作业什么的最讨厌了，还是写小说快乐～嘿嘿，偷摸看看吴棠拍的杂志不要紧吧，无糖主义下一期《**炮灰女配**》主题什么的也太带感了！！！炮灰的日常是**一路火花带闪电**完胜主角还是柴米油盐酱醋茶的悠闲人生？？

22：00 早睡早起，希望明天没有黑眼圈 0 0。

糖衣炮弹·百分百契约

BAI FEN BAI QI YUE

年 月 日

写下你的小心事

年 月 日

写下你的小心事

写 下 你 的 小 心 事

图书在版编目(CIP)数据

糖衣炮弹.9，百分百契约／糖糖主编.

—武汉：长江出版社，2020.3

ISBN 978-7-5492-6847-4

Ⅰ.①糖… Ⅱ.①糖… Ⅲ.①短篇小说－小说集－中

国－当代 Ⅳ.①I247.7

中国版本图书馆CIP数据核字(2019)第299326号

---



糖衣炮弹.9，百分百契约／糖糖主编

| | | | |
|---|---|---|---|
| 出　　版 | 长江出版社<br>（武汉市解放大道1863号　邮政编码：430010） | | |
| 选题策划 | 漫娱　刘伊思梦 | | |
| 市场发行 | 长江出版社发行部 | | |
| 网　　址 | http://www.cjpress.com.cn | | |
| 责任编辑 | 李　恒 | | |
| 特约编辑 | 李苗苗 | | |
| 总 编 辑 | 熊　嵩 | | |
| 执行总编 | 罗晓琴 | 开　　本 | 880mm×1230mm 1/32 |
| 装帧设计 | 黄　容　邓　婕 | 印　　张 | 9.5 |
| 印　　刷 | 恒美印务（广州）有限公司 | 字　　数 | 210千字 |
| 版　　次 | 2020年3月第1版 | 书　　号 | ISBN 978-7-5492-6847-4 |
| 印　　次 | 2020年4月第1次印刷 | 定　　价 | 36.00元 |

---


电话：027-82926557(总编室)　027-82926806(市场营销部)